FOLIO POLICIER

Charles Williams

Une femme là-dessous

Traduit de l'américain
par André Bellac

Gallimard

Titre original :
GIRL OUT BACK

Né au Texas en 1909, Charles Williams s'engage dans la marine marchande et navigue sur les mers du monde entier. Il publie son premier roman, *La fille des collines*, en 1951. Suivront, jusqu'en 1973, vingt-deux autres superbes récits. Deux ans plus tard, il se suicide à bord du bateau où il vivait.

CHAPITRE I

— Barney !

Peut-être que si je faisais semblant de dormir, elle la bouclerait, mais elle refusait de se taire.

— Barney ?

— Qu'est-ce qu'il y a ? demandai-je.

Je m'appelle Barney Godwin. Ça fait trente ans que je suis sur cette terre et à chaque jour suffit sa peine. Je possède une instruction parfaitement inutile, un système de glandes endocrines très satisfaisant, de bons réflexes et une femme qui représente un capital de deux cent mille dollars. De quoi être heureux.

— Je me demandais si tu dormais, dit-elle.

Elle s'appelle Jessica Roberts McCarran Godwin. Elle a trente-quatre ans. C'est une blonde cendrée, avec de grands yeux bleus admirables ; sa silhouette hésite entre l'air voluptueux et l'air replet, mais elle peut, à son gré, prendre l'air voluptueux en dix jours grâce à un régime de biscottes et de salade.

— Et maintenant, tu le sais ? demandai-je.

— Sais quoi ?

— Si je dors.

— Ma foi, c'est pas la peine d'en faire tout un plat.

Je ne répondis rien. Elle avait probablement raison. Ce n'était pas la peine d'en faire tout un plat. J'étais bien payé, non ?

— À quoi tu penses ? demanda-t-elle.

Je lui expliquai de la manière la plus passionnée à quoi je pensais. Inutile de faire un dessin au gars Godwin.

*

L'accès de frénésie était passé. Elle reposait, la joue contre l'oreiller, et me considérait de l'air languide et repu d'une chatte satisfaite. Dans l'ombre, son regard avait une expression douce et rêveuse.

— De qui te moques-tu ? demanda-t-elle en éclatant de rire.

— Me moquer ?

J'étendis le bras vers la table de nuit pour y prendre une cigarette.

— Toi et cette petite putain.

— Qui ? demandai-je en poussant un soupir.

— Cette petite hypocrite au visage angélique. Je connais bien le genre. Si elle croit qu'elle...

— Je savais bien que je n'allais pas tarder à deviner. Mets-moi tout de même un peu sur la piste. Tu veux parler de Barbara Renfrew. C'est bien ça ?

— Bien sûr, tiens donc !

— T'emballe pas, veux-tu ? Tu devrais savoir mieux que personne qu'elle ne travaille même plus pour nous. Tu lui as rendu la vie tellement impossible qu'elle a fini par nous quitter pour bosser à la banque. Tu ne t'en souviens pas ?

— C'est bien dommage, hein ? Comme ça, maintenant, tu ne la vois plus que trois ou quatre fois par jour.

— Deux fois. Autant de fois qu'ils nous loueront la chambre forte. Tu devrais voir comme ils ont décoré ça ! Des miroirs, des draps noirs...

— Tu te crois rigolo ?

— Non.

Il était deux heures du matin. J'aurais bien voulu m'endormir et je ne trouvais rien de drôle.

— Eh bien, ce n'est pas une petite poufiasse comme ça qui va me ridiculiser en ville. Si tu crois que je vais tolérer que les gens se moquent de moi derrière mon dos...

— Fais-leur visiter ta propriété. Personne ne se moque des propriétés.

— Ris donc ! Vas-y ! Pourquoi est-ce que tu n'admets pas que tu me méprises ? Dis-moi que je suis plus vieille que toi, que je suis grosse et idiote...

— Si c'est ton avis...

— Non ! Je veux savoir ce que tu penses.

— Je ne suis pas payé pour penser. Je suis un jouet. Je suis le parfait petit grillon du foyer. Je fais l'amour et j'écoute tes conneries pendant sept heures de rang sans qu'on ait besoin de remonter le ressort.

Elle se dressa, furieuse, et voulut me gifler. Je l'attrapai par le poignet et je l'immobilisai, tandis qu'elle se débattait ; son corps était une ombre argentée, veloutée et dérisoire qui gigotait au clair de lune. Nous présentions probablement un spectacle intéressant. Je mis les pieds à terre et me levai en la repoussant au loin. Elle s'étala sur le lit et plaqua son visage contre l'oreiller. Nous n'avions pas soufflé mot. Je restai un instant immobile ; j'éprouvais quelque difficulté à respirer, à cause de la crampe qui me barrait la poitrine, puis je me retournai, quittai la pièce et descendis l'escalier.

Je traversai, pieds nus, la touffeur du salon obscur. Je gagnai la cuisine et ouvris la porte du réfrigérateur ; un souffle d'air froid frappa mes jambes et mes pieds tandis que j'en sortais une bouteille de bière. Je n'avais que mon pantalon de pyjama et, à la lumière du réfrigérateur, j'aperçus mes bras et mon buste luisants de sueur.

Je claquai la porte du réfrigérateur et j'allumai pour trouver le décapsulateur. Je libérai brusquement le goulot, avalai une lampée, puis, la bouteille à la main, empruntai le petit escalier de derrière, qui s'ouvrait près de la machine à laver.

Le sous-sol, qui tenait à la fois de l'atelier et du studio, était mon domaine. Un gros fauteuil en cuir côtoyait, sous une lampe à pied, des rayonnages de livres ; un peu plus loin, il y avait un vieux sofa expulsé du salon lors du dernier cataclysme mobilier.

J'en avais marre. Voilà où en était Barney Godwin, emmerdé par une blonde gavée au maïs ! Eh merde ! J'allais faire mes valises le lendemain matin et mettre les voiles. Ça ne valait pas le coup. Je vidai la bouteille, éteignis la lumière et m'étendis sur le sofa d'où je considérai tristement l'éclat argenté de la lune, par les fenêtres du sous-sol. Je mis longtemps à m'endormir.

Lorsque je quittai la maison pour descendre en ville, à sept heures et demie, elle dormait paisiblement près de la fenêtre ouverte de la chambre à coucher, exposée à la fraîcheur ; un merle exécutait des trilles et nous servait le répertoire d'un violoniste de concert, dans un magnolia tout proche. Tout en sifflotant, je conduisis la fourgonnette en marche arrière jusqu'au portail, sous les grands chênes.

*

Le quartier commercial de Wardlaw se limitait à une seule rue, longue de cent cinquante mètres. C'était la route nationale ; les voitures ralentissaient à l'entrée de la ville, comme le leur suggéraient les panneaux : « vitesse limite : quarante à l'heure » ; au centre de la ville se situait un feu rouge ; la banque, la pharmacie de Headley, le magasin Woolworth et le Café de Joey occupaient les quatre coins du carrefour Grand-Rue et rue Minden. Le quartier résidentiel s'étendait au nord et à l'ouest et principalement à l'extrémité de la rue Minden.

Il y avait peu de voitures, si tôt le matin. J'attendis le feu vert pour traverser la Grand-Rue et me dirigeai vers le magasin, situé à cent mètres à l'est, dans la rue Minden, près de la voie du chemin de fer.

Le bâtiment abritait autrefois un magasin auto et un garage. McCarran l'avait acheté pour y ouvrir une boutique d'articles de pêche, juste avant sa mort, en 1952. Il avait déjà pris sa retraite et cette boutique n'était pour lui qu'un passe-temps. De grandes vitrines encadraient la porte.

Je l'ouvris et entrai. Le magasin ne comportait aucune cloison, sauf celles du petit bureau situé à droite, et de l'atelier de réparation des moteurs, au fond. Sur le devant, près des vitrines, des étagères en verre exposaient des articles de pêche et du matériel de plongée. À gauche, et faisant pendant aux étagères, se trouvait un comptoir derrière lequel s'étalaient des carabines, des gaules et des skis nautiques. Le sol, jusqu'à la porte de l'atelier, était encombré de bateaux, de remorques et d'un stock de moteurs hors-bord.

Nous n'ouvrions pas avant huit heures et demie. Je refermai la porte au loquet et entrai dans le bureau. Il était séparé du magasin par des panneaux de contre-plaqué vernis hauts de deux mètres, et j'avais fait percer une fenêtre dans le mur de la bâtisse pour avoir de l'air. J'ouvris la fenêtre, allumai, car il faisait un peu sombre si on n'écartait pas les grandes portes coulissantes, et m'assis à ma table pour rédiger quelques lettres.

Comme je signais la dernière, j'entendis au-dehors un crissement de pneus sur le gravier. Je jetai un coup d'œil à ma montre. Il était huit heures moins cinq, un peu trop tôt pour Otis. Je haussai les épaules et me mis à la recherche d'un timbre dans les tiroirs du bureau. Où donc Barbara les fourrait-elle ? Je m'interrompis et levai le nez. On frappait à la porte.

Je passai dans le magasin. Une vieille fourgonnette était garée devant la boutique et une grande fille aux cheveux blonds s'éloignait de notre porte. Elle se dirigeait vers la voiture pour y monter.

Je m'avançai et ouvris.

— Bonjour ! dis-je. Qu'est-ce qu'il y a pour votre service ?

Elle se retourna. Je ne la connaissais pas.

— Vous êtes ouvert ? demanda-t-elle.

— Pas encore, mais si c'est important...

— Je devais prendre des moteurs, dit-elle.

Elle avait une belle voix de gorge, mais elle avait adopté une attitude d'indifférence vaguement boudeuse.

— Mais certainement, dis-je. De quoi s'agit-il ? De moteurs en réparation ?

— Nunn, dit-elle en hochant brièvement la tête. George Nunn.

— Oh ! Vous êtes Mme Nunn ?

— C'est exact, fit-elle du même ton détaché.

— Je crois bien qu'ils sont prêts. Entrez.

Je rouvris la porte et m'effaçai. Elle remonta l'allée cimentée et passa devant moi. La robe de coton bleue qu'elle portait n'avait rien d'exceptionnel ; elle était assez usée par de nombreux lavages et un peu étroite à la hauteur de la poitrine, pour deux raisons évidentes que je ne fis que noter en passant. Ses cheveux blonds retombaient en cascade sur ses épaules, flottaient légèrement quand elle marchait et encadraient un visage d'une blancheur funèbre que n'animait aucune expression. Une placidité totale. Les yeux étaient d'un gris fumeux, bordés de cils sombres qui faisaient un violent contraste avec la peau d'un blanc laiteux. La bouche devait être belle, mais elle l'avait maquillée si abusivement qu'elle n'était plus qu'une maussade tartine d'un rouge à lèvres qui ne lui allait pas. Ma foi, c'était sa bouche, pas vrai ?

Je lui offris un siège d'aluminium qui se trouvait près de la vitrine.

— Asseyez-vous, lui dis-je. Je vais chercher les moteurs.

Une demi-douzaine de moteurs plus ou moins démontés étaient posés sur l'établi, mais je gagnai le fond de la pièce, où les moteurs réparés étaient accrochés à des bouterolles. Les deux moteurs de 12 chevaux s'y trouvaient munis d'étiquettes sur lesquelles étaient inscrits le nom de « Nunn » d'un côté et la mention « fonctionne » de l'autre.

George Nunn possédait un camp de pêche, sur le lac Javier, situé à cinquante kilomètres de la ville, dans un autre comté. C'était une immense étendue d'eau et de marécages dans une région sauvage, accessible par la route, la plus grande partie de l'année, en un seul point, l'extrémité du lac. J'y étais allé quelquefois chasser le canard, mais avant qu'il ait installé ce camp. Il était venu deux ou trois fois au magasin et me devait encore une cinquantaine de dollars sur des achats de moteurs. Je posai les moteurs réparés sur l'établi et me mis à les nettoyer à l'aide d'un chiffon. J'entendis alors de hauts talons claquer sur le sol cimenté du magasin. Elle vint me regarder faire, après avoir jeté un coup d'œil indifférent sur l'établi et les casiers encombrés d'outils et de pièces détachées.

— Combien ça fait ? demanda-t-elle.

— Une seconde, dis-je.

Je regagnai le bureau, pris la note d'Otis, additionnai le prix de la main-d'œuvre et des pièces, plus le montant de la dette.

— Soixante-quatorze dollars trente-cinq, dis-je en revenant vers elle. J'ai inclus dans cette somme les quarante-huit dollars que vous me devez et le prix de la réparation : vingt-six dollars trente-cinq.

Elle s'approcha de la caisse enregistreuse et prit son sac. Elle en tira un rouleau de billets dont elle détacha trois billets de vingt, un de dix et un de cinq. J'étais soulagé de récupérer mon argent et c'est à peine si je remarquai que deux des billets de vingt étaient tout neufs. Je lui rendis la monnaie, je fourrai les billets dans les casiers du tiroir-caisse et le refermai. Je lui lançai un « merci » qui se noya dans les profondeurs abyssales de son indifférence et portai les moteurs jusqu'à la fourgonnette. Elle y monta et je refermai la portière de sa voiture. Je m'avisai alors seulement qu'elle était bien matinale. Elle habitait loin et une partie du trajet empruntait des routes de campagne.

— Vous avez dû partir de grand matin, dis-je.

Elle tourna la clé de contact et je crus un instant qu'elle n'allait pas répondre. Puis elle me dévisagea rapidement et me lança un regard éteint.

— J'ai passé la nuit en ville, dit-elle. À la prison, on me fait confiance !

CHAPITRE II

Elle recula et démarra en faisant jaillir le gravier sous les arbres.

De retour au bureau, je me remis à la recherche de la boîte de timbres, que je dénichai enfin dans un des tiroirs du bas. Il n'y avait qu'une demi-douzaine de timbres à trois *cents*. « Je ferais bien d'aller aux provisions, me dis-je. Et, pendant que j'y suis, de passer à la banque. Nous sommes lundi matin, et la recette de vendredi et de samedi est encore dans le coffre. »

J'ouvris le coffre, tamponnai et paraphai les chèques et me mis à compter les billets et la monnaie. Je fis l'addition sur la machine à calculer, puis je me rappelai l'argent que m'avait donné Mme Nunn. Il faudrait changer au moins deux de ces billets de vingt dollars pour faire de la monnaie pour la journée. Je comptai quarante dollars en billets de cinq dollars et d'un dollar, et en petite monnaie. Je gagnai la caisse enregistreuse que j'ouvris en appuyant sur la touche zéro. Comme je sortais les billets de vingt dollars qui se trouvaient dans le casier de gauche, l'aspect rigide de ces deux billets neufs me frappa de nouveau. J'ignorais d'ailleurs pourquoi, car, dans le commerce, on manie beaucoup de billets et on tombe tout le temps sur des neufs. C'était peut-être parce qu'il y en avait deux de collés ensemble et que, s'étant légèrement recourbés sous le rouleau encreur, leurs extrémités pointaient. L'un d'eux portait une sorte de tache brune sur le bord, et qui faisait à peu près la moitié de sa largeur.

Je les mis de côté, rangeai la petite monnaie dans le tiroir et disposai les pièces dans leurs casiers respectifs. Je glissai l'un des deux billets de vingt dollars dans mon portefeuille pour acheter des timbres ; je refermais le tiroir lorsque j'entendis des pas sur le trottoir. J'y jetai un coup d'œil. C'était Otis. Il ouvrit la porte et entra au moment où je glissais le portefeuille dans ma poche et ramassais les deux autres billets de vingt dollars pour aller les déposer à la banque. Il alluma une cigarette et considéra la caisse enregistreuse d'un air mélancolique.

— Encore à taper dans la caisse, patron ?

Il s'appelle Otis Olin Shaw. Il a dans les quarante-cinq ans et ressemble un peu aux portraits de Lincoln à cet âge-là, sauf qu'il commence à perdre ses cheveux bruns et qu'il a déjà une petite tonsure. Il arbore en permanence l'expression de l'entrepreneur de pompes funèbres qui vient d'apprendre que son meilleur ami s'est fait incinérer par une entreprise rivale alors qu'il lui devait trois cents dollars. En fait, cette tristesse dissimule un humour corrosif, beaucoup d'intelligence et une manière de génie dans le domaine des moteurs à combustion interne.

Il se dirigea vers l'atelier. J'ouvris les grandes portes coulissantes du bâtiment. Il commençait à faire chaud. Il était huit heures et demie ; c'était une matinée du mois d'août, sans un souffle et sans nuages.

J'arrivai à la banque au moment où elle ouvrait. C'était une petite succursale de la banque Mid-South de Sanport. Elle comptait tout juste deux guichets et le bureau de Warren Bennett derrière une grille, à droite. Je fis la queue devant le guichet d'Arthur Pressler et je frissonnai presque en passant soudain de la chaleur du dehors à cette salle climatisée. À l'autre extrémité, derrière un bureau, j'aperçus Barbara Renfrew, assise devant une machine à calculer. Elle leva les yeux, m'aperçut et sourit. « Maintenant qu'elle ne travaille plus pour moi, me dis-je, je pourrais lui faire du rentre-dedans. Dieu sait qu'on me l'a assez souvent reproché. » Mais je chassai cette idée. Je ne partageais pas la ferme croyance de Jessica, qui pensait que c'était une fille facile.

Les gens qui me précédaient s'en furent et je me retrouvai en face d'Arthur Pressler, séparé de lui par les barreaux de son guichet. Il ouvrit mon sac et se mit à additionner les chèques sur sa machine avec les gestes précis et rationnels d'un super-robot du XXIIe siècle.

J'allumai une cigarette et l'observai tout à loisir. Il en termina avec les chèques et les mit de côté, puis s'attaqua aux billets de banque, qu'il disposa en liasses séparées : billets de un dollar, de cinq, de dix et de vingt. Il fit alors quelque chose que je ne l'avais jamais vu faire auparavant. Il comptait les billets de vingt dollars. Le cinquième ou le sixième était l'un de ces billets neufs que m'avait donnés Mme Nunn. Le billet passa sous son index et le prochain allait le suivre lorsque Arthur Pressler s'arrêta. Avec un mouvement presque imperceptible de la tête, il reprit toute la liasse et se remit à compter. Il s'était trompé. Il me donna un double du reçu, je sortis et remontai la rue en direction de la poste.

Les affaires marchaient bien pour un lundi. En plus de divers articles de pêche, nous vendîmes un ensemble : le bateau en contre-plaqué, un quatre-mètres, avec un moteur de vingt-huit chevaux, et la remorque. Lorsque le client s'en fut avec ses emplettes, j'envoyai Otis acheter quelques bouteilles de bière pour fêter la chose. En prenant mon portefeuille pour lui donner un dollar, je remarquai que j'avais toujours ce billet de vingt dollars neuf. C'était bizarre. Ne l'avais-je pas dépensé en achat de timbres ? J'avais dû me les procurer avec mon argent personnel, que je gardais généralement à part dans mon portefeuille. Mais ça n'avait pas d'importance. La rectification comptable était facile.

Otis sortit. En rangeant le billet de vingt dollars à sa place dans mon portefeuille, je m'aperçus que c'était celui qui avait cette curieuse tache brunâtre sur le bord. Je l'examinai plus attentivement et le retournai. La tache, large de quelques millimètres, avait traversé le billet sur à peu près la moitié de sa largeur. Je me demandais vaguement ce que c'était. C'était bizarre, cette tache sur une coupure fraîchement sortie de l'hôtel fédéral de la Monnaie ; ou alors on y imprimait les billets avec le sang des contribuables.

À quatre heures et demie de l'après-midi, je me trouvais tout seul devant la vitrine ; je cherchais la réclame d'un fabricant de bateaux dans le magazine « Campagnes et Rivières » du mois, lorsqu'une voiture s'arrêta sous mes fenêtres. Je remarquai, en jetant un coup d'œil sur la plaque d'immatriculation, qu'elle venait de Sanport, mais lorsque le conducteur en sortit, il n'avait guère l'allure d'un client. Pour le moins, il n'allait pas à la pêche. Il portait un complet léger d'été bleu, une chemise blanche, une cravate bleu pâle et un panama ceint d'une bande grise. « C'est un voyageur de commerce », me dis-je.

Il prit une serviette sur son siège et entra. C'était un homme dans les cinquante ans, aux cheveux noirs, grisonnant aux tempes, aux yeux bruns calmes, à l'allure tranquille et compétente.

— Bonjour, dis-je. Qu'y a-t-il pour votre service ?

— Monsieur Godwin ? demanda-t-il d'un air enjoué.

— Oui.

Il posa sa serviette sur le comptoir et exhiba un carnet noir qui contenait une carte d'identité.

— Ramsey, dit-il. F.B.I. Vous êtes occupé. J'aimerais bavarder avec vous, si vous n'y voyez pas d'inconvénient.

— Mais non. Entrons dans mon bureau. Il y a un ventilateur.

L'après-midi était étouffant.

Nous gagnâmes le bureau et je mis le ventilateur en route. Il s'assit dans un fauteuil en face du bureau.

— De quoi s'agit-il, monsieur Ramsey ? demandai-je. Il ouvrit sa serviette et en tira une longue enveloppe de papier jaune.

Il tira de l'enveloppe un objet qu'il posa sur le bureau, entre nous. J'examinai l'objet.

C'était un billet neuf de vingt dollars, semblable à celui qui se trouvait dans mon portefeuille.

Je me demandai alors si j'étais devenu dingue. C'était tout à fait le même, avec une étroite tache brune exactement au même endroit. Soudain, je compris. C'était évidemment celui que j'avais déposé à la banque. Les deux billets avaient la même tache, mais je ne m'en étais pas aperçu. Lorsque je les avais vus dans le tiroir-caisse, ils étaient probablement collés l'un contre l'autre.

— Ça vous dit quelque chose ? demanda-t-il tranquillement.

Voilà pourquoi Pressler avait hésité en comptant sa liasse. Il avait remarqué un détail insolite, ou peut-être s'était-il souvenu d'une consigne, et son attention avait été éveillée.

— Oui, dis-je. Je crois bien l'avoir déposé à la banque ce matin.

— Ce matin ?

Ça devait être sérieux, en tout cas. Il y avait tout juste sept heures de ça et il en fallait trois pour venir de Sanport par la route.

— Vous en êtes sûr ? demanda-t-il.

— À peu près, dis-je. C'est un billet neuf, légèrement décoloré sur les bords. Je suis presque certain de l'avoir vu.

— Quand ? demanda-t-il en se penchant un peu en avant. Je veux dire, quand vous est-il tombé entre les mains ? Vous vous en souvenez ?

— C'est donc le même ? demandai-je. Il vient de la banque ?

— Oui, dit-il. J'en ai pris possession il y a quelques minutes. J'imagine que quelqu'un vous l'a remis au magasin. Vous vous rappelez la personne en question ?

Comme j'allais répondre, le téléphone sonna. L'appareil se trouvait près des vitrines, à côté de la caisse enregistreuse.

— Excusez-moi, dis-je. Je reviens.

Je m'éloignai pour aller décrocher.

— Équipement nautique. Godwin à l'appareil.

— Mon Dieu, quel ton ! Un vrai homme d'affaires ! (C'était Jessica, taquine et légèrement provocante.) Mme Godwin à l'appareil, poursuivit-elle en m'imitant. Écoute, chéri, sois mignon et viens ici une minute ?

— Où ? demandai-je.

— Chez M. Selby. Nous avons besoin de ta signature sur un document.

— Bien sûr. Je suis pris pour l'instant, mais je crois que je pourrai y passer dans un quart d'heure, vingt minutes.

— Mais, Barney, il a envie de rentrer chez lui. Ce sera vite fait.

Je considérai l'énormité de la chose. J'étais un sous-produit ennuyeux du régime de la communauté ; j'étais aussi un rustre qui allait gêner M. Selby.

— Jessie, je suis pris pour l'instant. Je viendrai dès que je pourrai. Mais pourquoi n'apportes-tu pas cette pièce ici ?

— Elle doit être notariée, expliqua-t-elle, un peu énervée. Écoute, Barney, pour l'amour du Ciel, je ne vois pas pourquoi la vente de quelques flotteurs t'empêcherait de t'échapper cinq minutes.

Elle raccrocha.

Je raccrochai moi aussi, et refoulai ma colère en songeant à Ramsey. Qu'est-ce qu'il cherchait ? Ça devait être rudement sérieux. Ça se sentait. Rien qu'à la manière dont c'était arrivé. Ça ne faisait pas plus de sept heures que j'avais déposé ce billet à la banque et voilà que... c'était comme si j'avais jeté une allumette dans de l'essence.

Les questions m'assaillaient de partout. Qu'est-ce que c'était ? Pourquoi était-ce si sérieux ?

Qu'est-ce que Mme Nunn avait à y voir ? Comment était-elle entrée en possession de ces deux billets, dans ce camp de pêche perdu ? C'était impossible, et pourtant... Je m'arrêtai soudain.

Haig, Bill Haig le Tordu. Mais je repoussai cette idée. Pourquoi Haig ? Le F.B.I. devait avoir d'autres types sur ses listes. Il n'avait pas été fondé dans le seul dessein d'agrafer un gars qui s'était tout simplement volatilisé dix-huit mois plus tôt.

Je revins à mon bureau. Ramsey s'était levé et regardait par la fenêtre. Nous nous assîmes et je repris la cigarette que j'avais posée sur le cendrier.

— Excusez-moi, dis-je. Où en étions-nous ?

— Est-ce que vous vous souvenez du moment où vous l'avez reçu ?

Je tirai sur ma cigarette et fronçai les sourcils.

— Voyons... ce dépôt représentait les recettes de vendredi et de samedi.

— Eh bien, ça nous ramène au plus à deux jours en arrière. Essayez de vous rappeler. Il y a quelques chances pour que vous puissiez vous souvenir de cette transaction.

— C'est un faux billet ? demandai-je.

Dans mon idée, ce n'était pas le rôle du F.B.I. de s'occuper de ce genre d'affaires, mais je n'en étais pas sûr.

— Non, dit-il en hochant la tête. Le billet est bon.

— C'est un gros truc, alors ?

— Disons, fit-il en esquissant un sourire.

La rançon d'un kidnapping ? me demandai-je.

Acheminement de devises dans un autre État ? Quoi d'autre ? Un vol de banque ? J'en revenais à Bill Haig le Tordu.

— Est-ce que vous vous souvenez ? demanda-t-il tranquillement.

— Non, ça m'échappe, dis-je en hochant la tête et en fronçant les sourcils.

Je m'avisai que c'était mon premier mensonge délibéré. Jusque-là, je n'avais fait qu'éluder la question.

— Mais vous l'avez reçu nécessairement un de ces deux jours-là ?

— C'est exact. J'ai fait un dépôt à la banque vendredi matin.

— Aurait-il pu rester dans le tiroir-caisse ou dans le coffre ? Comme provision, ou par inadvertance, par exemple ?

— Je ne crois pas. Nous gardons de la monnaie, bien sûr, mais jamais de coupures au-dessus de dix dollars.

— Et ce matin ? Avant l'ouverture de la banque ?

— Non, fis-je en secouant la tête.

Otis. Otis était arrivé au moment où je sortais l'argent de Mme Nunn de la caisse. Il devait savoir que ces moteurs étaient partis. Il devait savoir également que la note s'élevait à plus de vingt dollars. Attention, mon gars.

— Vous travaillez surtout dans la région ? demanda-t-il. Je veux dire que vos clients sont des gens que vous connaissez, du moins de vue ?

— Une bonne partie, oui. Disons dans un rayon

de quatre-vingts kilomètres. Mais les pêcheurs viennent d'un peu partout. Nous avons même pas mal de clients à Sanport.

Je pensais toujours à Otis. Il fallait que j'en aie le cœur net avant de foncer.

— Il est possible que mon mécanicien sache quelque chose, dis-je. C'est lui qui s'occupe de la vente quand je ne suis pas là.

— J'allais y venir, dit Ramsey. Il est ici ?

— Oui. Un instant, s'il vous plaît.

Je sortis du bureau et l'appelai. Il arriva un instant plus tard en se frottant les mains avec un chiffon. Je fis les présentations et laissai la parole à Ramsey. Otis regarda le billet, fronça les sourcils et hocha la tête.

— Non, dit-il, je ne vois pas d'où il vient.

Je m'assis et allumai une cigarette.

— Il vient d'ici, dis-je. Ça ne fait guère de doute ; il était parmi l'argent que j'ai déposé à la banque ce matin. Tu étais ici quand j'ai fait les comptes, tu te souviens ; tu es entré au moment où je fourrais de la monnaie dans le tiroir-caisse. Tu te souviens d'avoir vu ce billet ?

— Je ne crois pas, dit-il. Mais, bon sang, on n'est pas obligé d'y faire attention. Ce n'est qu'un billet de vingt dollars comme les autres.

Il n'avait rien remarqué. Il ignorait que j'avais pris deux billets de vingt dollars dans le tiroir-caisse tandis que j'y mettais de la monnaie.

Il regagna l'atelier.

Je poussai un soupir et j'eus un geste d'impuissance.

— Otis a raison, repris-je. On regarde les billets, mais on ne les voit jamais. On note seulement les chiffres.

— Je vous serais reconnaissant d'essayer quand même. Il y a pas mal de moyens de considérer ce genre d'affaire. Si le client repasse, par exemple, vous vous souviendrez peut-être de l'avoir servi vendredi ou samedi. Lorsque vous vendez un article, tâchez de vous rappeler quand vous avez vendu le même, et l'argent qu'on vous a donné.

— C'est entendu. Mais qu'est-ce que je fais, si un autre billet m'arrive.

— Appelez notre bureau à Sanport. Nous vous en serons reconnaissants.

— N'importe quel billet neuf de vingt dollars ou un billet avec cette tache ?

— La tache n'a pas d'importance, dit-il d'un air pensif. Ma foi, peut-être que si. Mais ce qui compte, c'est le numéro.

— Vous permettez que je le relève ?

— Je vous en prie.

Je pris un carnet et m'emparai du billet. Tandis que je recopiais le numéro, j'examinai attentivement la tache. Je commençais à avoir certaines idées à ce propos et j'étais à peu près persuadé que, lui aussi, en avait une. Je m'efforçai de graver dans ma mémoire la forme exacte de cette tache.

— C'est tout ? demandai-je.

— Si l'un de vos clients vous présente un billet

dont le numéro est très proche de celui-ci, appelez-nous immédiatement. Si vous connaissez la personne qui vous le remet, très bien. Si c'est un inconnu, essayez de relever la plaque d'immatriculation de sa voiture et son signalement. D'une manière discrète, bien entendu.

— Ceci vaut uniquement pour les billets de vingt dollars ?

— Oui. Uniquement. Cependant... (Il ouvrit sa serviette et en tira quelques photographies qu'il me tendit.) Est-ce que vous avez jamais vu l'un de ces individus ?

Aucun nom n'était inscrit sur ces photos. Mais l'une d'entre elles représentait bien Bill Haig.

CHAPITRE III

Ça ne faisait aucun doute. J'avais vu sa photo à plusieurs reprises dans les journaux ; elle était même affichée au bureau de poste en ce moment sur le panneau des criminels « recherchés », à moins qu'elle n'ait été enlevée la semaine dernière.

Je me renversai dans mon fauteuil en hochant la tête, après les avoir examinées toutes.

— Je n'en ai jamais vu aucun par ici, dis-je. Mais vous ne trouvez pas bizarre que ce billet apparaisse dans un magasin d'articles de sport ? C'est un peu anormal.

Les yeux bruns, comme le visage fin à l'air éveillé, avaient une expression pensive.

— On ne sait jamais, dit-il. Et, bien entendu, il est probable que ce billet est passé entre plusieurs mains avant d'arriver ici.

— En d'autres termes, la personne qui l'a écoulé ignore probablement que le F.B.I. s'y intéresse ?

— C'est exact. Vous n'en saviez rien, n'est-ce pas ?

— J'imagine que vous n'avez pas le droit de révéler les dessous de cette affaire ?

— Non, en effet, dit-il en secouant la tête et en esquissant un sourire. Pas pour l'instant, du moins.

Il me demanda s'il pouvait vérifier le tiroir-caisse au cas où il s'y trouverait d'autres billets. Il n'y en avait pas, bien entendu. Nous nous serrâmes la main et il partit. Je le regardai remonter la rue et j'eus l'impression que l'autre billet me brûlait dans mon portefeuille. Mais je ne bronchai pas avant qu'Otis parût. C'était inévitable.

— Qu'est-ce qui se passe ? demanda-t-il.

— Je ne sais pas, dis-je, mais ça sent mauvais.

— Vous parlez ! Vous n'auriez pas fait plus de bruit en lançant une bombe.

— Il s'agit peut-être de la rançon d'un kidnapping, ou du produit d'un braquage de banque. Quelque chose dans ce goût-là.

— Eh bien, on a du beau monde, dans notre clientèle ! dit-il en regagnant l'atelier. Croyez-vous que je devrais porter un œillet à la boutonnière pour venir au boulot ?

Dès qu'il eut regagné l'atelier, je me dirigeai vers le bureau. Je m'assis, pris le billet dans mon portefeuille et le carnet sur lequel j'avais noté le numéro. Ça collait. Les numéros n'étaient pas seulement voisins, ils se suivaient. L'un se terminait par 23, l'autre par 24.

Je retournai le billet et étudiai la tache, ce qui me surexcita. Autant que je puisse en juger, c'était exactement la même que sur l'autre, au même endroit, et elle avait la même forme. Ces billets étaient empilés, probablement dans leur liasse d'origine, lorsque cette substance — quelle qu'elle fût — s'y était déposée.

Je mouillai mon index et le passai sur la tache. Un petit fragment brun rougeâtre resta collé à mon doigt.

Du sang séché ? C'était inquiétant, mais peu probable. Le sang aurait été plus sombre et se serait effacé. C'était une tache. Ma première idée devait être la bonne. Qu'avait-il dit ? « La tache n'a pas d'importance. » Peut-être bien que si.

C'était peut-être de la rouille, du simple oxyde de fer, à la suite d'un contact avec du métal rouillé. Si ça n'avait pas d'importance, ça voulait dire sans doute que la tache n'y était pas quand le billet était sorti des mains de son légitime propriétaire. Mais peut-être que cet argent était resté quelque temps dans une boîte métallique entreposée dans un endroit légèrement humide.

J'allumai une cigarette et me renversai dans mon fauteuil. Tout ça ne tenait guère debout. L'idée que ça puisse avoir un rapport avec Haig était ridicule, et pourtant sa photo figurait parmi celles des autres bandits. C'était une énigme absolument fascinante, sous quelque angle qu'on considère l'affaire. Et c'était d'autant plus mystérieux que Haig, à l'époque où il avait disparu de la surface de la terre, était en possession de cent soixante-huit mille dollars.

Il me fallait une excuse. J'en trouvai une dix

minutes avant l'heure de la fermeture, comme si j'avais écrit le scénario moi-même. Deux pêcheurs passèrent ; ils rentraient à Sanport. Ils avaient pris sept perches, dont la plus petite pesait trois livres.

— Où avez-vous pêché ça ? demandai-je en jetant un coup d'œil dans leur glacière.

— Au lac Sumner, dirent-ils.

— Avec des asticots ou des grenades ?

— Des mouches. Les bouchons...

— Des bobards, dis-je. Au mois d'août ?

— C'est la vérité vraie, dirent-ils. Nous avons découvert une source souterraine. L'eau était si froide...

Otis était sorti, lui aussi. Il me jeta un coup d'œil résigné après avoir vu les poissons et soupira :

— Combien de temps serez-vous absent ?

— Où irais-je ? demandai-je.

— Hélas ! dit-il douloureusement.

Le lac Sumner, c'était parfait. Il se trouvait à cent quarante kilomètres dans la direction opposée.

— Ma foi, si tu insistes, dis-je. Mais t'es le seul gars sur terre qui puisse m'obliger à tremper du fil.

— Vous voulez que Pete vienne m'aider ?

Pete était son fils. Il avait quatorze ans et il ressemblait à un tank Sherman. Pendant les vacances d'été, il venait parfois au magasin, quand j'allais à la pêche.

— Bien sûr, répondis-je.

Je rentrai dans le magasin et y pris le moteur de douze chevaux que j'utilisais sur les barques de louage. Je le casai dans la fourgonnette, ainsi qu'un jerrican d'essence, puis je fermai le magasin.

— Je rentrerai mercredi soir ou jeudi, dis-je. Écoute. Si un autre de ces billets de vingt dollars te passe entre les mains, appelle le F.B.I. à Sanport. Ils m'ont demandé d'ouvrir l'œil. Voici le numéro de l'autre billet.

Je rentrai à la maison. En remontant l'allée bordée de chênes, j'aperçus sa Chrysler au garage. Elle était donc là et elle allait probablement me rabattre les oreilles de ma vacherie à l'égard de ce cher M. Selby. « On va remettre ça », me dis-je.

Je la trouvai dans la cuisine, occupée à établir un chèque pour Reba, la femme de ménage. Elle était allée chez le coiffeur et ses cheveux brillaient comme un casque de chrome un peu bosselé mais bien astiqué. Son visage large et sa bouche charnue étaient d'une blonde typique, comme toute sa personne ; il émanait d'elle une légère sensualité nuancée d'une perversité spécifiquement féminine ; et c'était bien le cas.

Elle tourna ses yeux bleus vers moi et m'adressa un sourire d'une douceur mortelle.

— Te voilà déjà, mon chéri ? J'ai cru que tu n'arriverais jamais à t'échapper !

Ce discours était destiné à Reba, qui ne s'y trompa pas. Elle empocha son chèque et se mit à battre en retraite en direction de la porte ; il y avait du sang en perspective, et elle ne tenait pas aux éclaboussures.

J'ouvris le réfrigérateur et y pris une bouteille de bière.

— Oh ! dis-je, un événement important, ma toute belle. Je vais à la pêche.

Ses yeux bleus lancèrent un éclair. Elle fumait.

— Eh bien ! C'est comme ça que tu me laisses en rade. Tu ne pouvais pas abandonner tes précieux joujoux cinq minutes pour manifester quelques égards à ta femme, mais tu laisses tout tomber pour aller à la pêche. Qu'est-ce que tu crois que M. Selby en a pensé ?

Elle était bien incapable de me mettre en boule. J'étais trop préoccupé par l'histoire des billets et je ne pensais même pas à elle.

— Ça lui est bien égal, répondis-je. Songe au plaisir qu'il a éprouvé à bigler tes jambes.

— Oh ! tu me fatigues !

— Ma foi, tu vas pouvoir te reposer. Je vais au lac Sumner, je serai de retour jeudi.

Elle me jeta un regard glacé, de l'autre bout de la cuisine.

— Les Wheeler viennent faire un bridge ce soir. Mais ça t'est bien égal, n'est-ce pas ?

— Téléphone-leur de rester chez eux et de laver leur linge sale en famille. Ils ne sont pas foutus de se débrouiller tout seuls ?

Elle pivota sur les talons et sortit. Elle avait un port de reine. Je bus ma bière et descendis l'escalier pour gagner le sous-sol. Dès que je fus seul, j'oubliai tout le reste et les mille facettes passionnantes du puzzle me revinrent à l'esprit, Mme Nunn savait-elle que cet argent était dangereux ? Impossible. Mais alors, comment l'avait-elle trouvé ? Pourquoi deux billets ? J'éliminai toutes ces questions ; elles restaient sans réponse et je perdais tout simplement du temps. Je me mis à rassembler mes instruments de camping et de pêche : un sac où je fourrai mon équipement, un rasoir, une boîte d'hameçons, une gaule, de la poudre contre les moustiques et un sac de couchage. Je n'avais pas besoin d'ustensiles de cuisine ni de boîtes de conserve. Je savais que les Nunn tenaient un petit restaurant, en plus des trois vieilles cabines et des bateaux qu'ils louaient.

Je balançai tout mon matériel dans la fourgonnette et repris l'allée. Je tournai à gauche dans la grand-rue et obliquai vers le nord dans la direction du lac Sumner. Le lac Javier se trouvant au sud-est, c'était un détour, mais quand on commence à mentir, mieux vaut continuer. À douze kilomètres de la ville, je pris une petite route qui se dirigeait vers l'est et qui débouchait, à trente kilomètres de là, sur la nationale 41.

Il y avait plus de circulation sur la nationale. Au sommet d'une légère côte, j'aperçus à l'ouest une région sauvage et inviolée, sans toutefois pouvoir repérer le lac Javier lui-même. Il se ramifiait en multiples bras qui se perdaient dans la forêt. Au pied de la côte, dans un double virage mal relevé, cinq personnes s'étaient tuées au cours des trois dernières années. Je freinai automatiquement, bien que la chaussée fût sèche, et remarquai vaguement les croix blanches que les Ponts et Chaussées avaient plantées sur la banquette, à l'endroit où les automobilistes avaient quitté la route, par excès de vitesse ou de boisson. Je m'efforçai de préciser un souvenir qui rôdait dans mon esprit. Puis je continuai ma route. C'était sans importance.

Une vingtaine de minutes plus tard, je tournai encore à droite et quittai la nationale 41 pour emprunter le chemin vicinal qui s'enfonçait dans la région située au sud du lac. Le soleil était maintenant couché et une chaude brume d'été s'épaississait dans les bois.

Je laissai à ma gauche une clairière ; au fond, loin de la route, je notai une vieille ferme. Une lueur, émise par une lampe à pétrole, éclairait une fenêtre. Au-delà, la route se perdait dans une grande cuvette. J'empruntai, pour traverser le cours d'eau du déversoir du lac, un pont de bois branlant. Un kilomètre environ après le pont, se trouvait un carrefour : un chemin de terre s'enfonçait vers la gauche. Le poteau indicateur était tombé, mais je me souvenais qu'il indiquait la droite. Je m'arrêtai et coupai le contact ; j'entendis alors un chœur de grenouilles sur les bords du lac.

Il y avait quatre bicoques, trois petites groupées en une masse sombre au bord d'un petit goulet à ma gauche et une plus grande, devant moi, sur la droite. Une vive lumière passait par la porte ouverte. J'aperçus une seule voiture, la fourgonnette que conduisait Mme Nunn le matin même. J'éteignis mes phares et m'avançai.

— Qui est là ? demanda une voix masculine.

Elle provenait de la véranda. L'homme se tenait à côté de l'entrée, dans l'ombre.

— Godwin, répondis-je, de Wardlaw.

— Tiens, fit-il en s'avançant sur le seuil et en ouvrant le panneau garni de toile métallique. Entrez donc.

Je le suivis à l'intérieur de la pièce à peine terminée ; la lumière provenait d'une lampe à essence, pendue à une poutre par un fil électrique. Sur la gauche, un petit comptoir ; devant, trois tabourets et, derrière, une vitrine qui abritait des articles de pêche. Sur les rayonnages du mur de droite étaient empilées des boîtes de conserve, quelques magazines bon marché et un tas de bandes dessinées. Je considérai ces dernières d'un air un peu surpris. Peut-être qu'il aimait ça. Il n'était guère sympathique.

Il avait été policier et shérif, puis un revirement politique lui avait ôté son boulot ; on disait qu'il n'était pas très franc du collier.

— Qu'y a-t-il pour votre service ? demanda-t-il.

— Je voudrais louer une de vos cabines, ainsi qu'un bateau de pêche pour deux jours. Ça mord ?

— Couci-couça, fit-il en haussant les épaules. Vous n'êtes jamais venu par ici ?

— Une ou deux fois seulement. Pour la chasse au canard ; c'était avant votre arrivée.

— Alors, comme ça, vous avez décidé de venir tremper du fil ?

— Exactement.

Il n'avait rien de l'hôtelier enthousiaste qui ouvre les bras à un nouveau client, mais il ne m'intéressait guère. Je m'efforçai de repérer l'endroit où ils mettaient leur argent et leur petite monnaie. Il n'y avait aucune caisse enregistreuse en vue.

— Il vous faudra autre chose ? demanda-t-il.

Je me retournai vers lui. Les angles bruts de son visage se découpaient en méplats de lumière et d'ombre, sous la lampe qui pendait du plafond. Il portait un maillot taché de sueur et ses bras et ses épaules ressemblaient à une planche d'écorché, dans un livre d'anatomie. Aucune graisse n'en adoucissait les contours. Il était aussi net, aussi lisse qu'un tranchant de hache. Son regard ne révélait rien.

— Pardon ? demandai-je.

— Vous aurez besoin d'un moteur, d'un guide, d'appâts, en plus du bateau ?

— Non, répondis-je.

Si je n'en demandais pas trop, il me tolérerait peut-être.

— Prenez la cabine qui est de ce côté-ci, dit-il. Elle n'est pas fermée à clé.

Il fallait que je jette un coup d'œil sur leur caisse, où qu'elle fût. Je n'avais pas fait toute cette route pour le simple plaisir d'aller dormir.

— Est-ce que vous auriez un sandwich et une tasse de café ?

— Il est bien tard.

— Je sais, mais je n'ai pas dîné. Je suis venu en sortant du travail.

— Vous deviez être pressé. Vous êtes un mordu de la pêche ?

— Oui.

Je le détestais de plus en plus.

Sans tourner la tête vers la porte qui se trouvait derrière lui, il cria :

— Jewell !

Aucune réponse. Dans la pièce silencieuse, on n'entendait que le sifflement de la lampe et le léger bruit des insectes qui venaient y buter. Comme il allait se retourner pour l'appeler une seconde fois, elle surgit sur le seuil, vêtue d'une chemise d'homme bleue et d'un pantalon corsaire. Elle tressaillit légèrement en m'apercevant, mais sa surprise, si tant est qu'elle en éprouvât, disparut immédiatement et son visage se ferma comme une jalousie qui retombe.

— Fais cuire un hamburger pour M. Godwin ! dit-il sèchement, sans tourner la tête.

— À cette heure-ci ?

— T'occupe pas de l'heure, j'ai une montre. Il n'a pas dîné.

Elle observa un instant, en silence, la nuque de son mari, puis se dirigea vers la glacière. Je m'assis sur l'un des tabourets. Elle alluma le bec du grill et se mit à malaxer la viande hachée qu'elle avait sortie de la glacière. Il l'examina un moment, puis se retourna.

La pièce était figée dans un silence épais, que

rompit une sonnerie de téléphone. Deux coups longs et deux coups brefs.

Il passa derrière le comptoir et prit l'appareil qui était accroché au mur, près de la porte ; c'était un vieux téléphone à moulinet.

— Allô, dit-il. Oui, ici Nunn... Certainement... Bien sûr... D'accord... À l'aube... D'accord, je serai prêt. Bonsoir.

Avant de raccrocher, il lança dans le microphone :

— Si par hasard certains d'entre vous, mes gaillards, n'aviez pas tout à fait compris, c'est un type de Woodside, qui veut aller pêcher demain et qui m'a demandé de l'accompagner. Ça vous suffit ?

« Une belle équipe ! » commenta-t-il après avoir raccroché.

Le coin se peuplait de gens qu'il n'aimait pas. À ce rythme-là, s'il voulait se montrer désagréable avec tout le monde, il lui faudrait faire des heures supplémentaires.

Le hamburger était prêt ; elle le posa devant moi.

— Il n'y a pas de café, dit-elle. Vous voulez un coca-cola ?

— D'accord.

Elle ouvrit une bouteille, la posa sur le comptoir, se retourna et disparut sans mot dire. Il s'accouda au comptoir tandis que je mangeais. Il n'ouvrit pas la bouche. Ça m'était bien égal. Je n'avais pas envie de sa conversation.

Quand j'eus fini, je me levai et pris mon portefeuille dans ma poche.

— Ça fait combien ? demandai-je.

— Vous réglerez le tout en partant, fit-il en secouant la tête.

— Mieux vaut payer au fur et à mesure, insistai-je.

Je voulais savoir où se trouvait le tiroir-caisse.

— Si vous y tenez, dit-il en haussant les épaules. Ça fait... voyons voir... quarante-cinq *cents*.

Je tirai un billet de cinq dollars. Il prit une boîte à cigares qui se trouvait sur un rayon sous le comptoir, la posa dessus et souleva le couvercle. Elle contenait quatre ou cinq billets que je pus nettement distinguer. Il jeta un coup d'œil au billet que je tenais à la main et hocha la tête.

— Vous n'avez pas de petite monnaie ?

— Peut-être, dis-je. (Je tirai un billet d'un dollar.) Ajoutez-y un paquet de Camel, pendant que vous y êtes.

Il se retourna pour en prendre un sur l'étagère. Je tendis rapidement la main vers la boîte à cigares et étalai les billets. Il y avait deux billets de cinq dollars, plusieurs billets d'un dollar et quelques piécettes.

Aucun billet de vingt dollars, neuf ou usagé.

Il me rendit la monnaie. Je sortis, garai ma voiture le long de ma cabine et portai mes affaires à l'intérieur. Il ne me fallut que quelques minutes pour dérouler mon sac de couchage sur le vieux matelas affaissé. J'éteignis la lampe qui fonctionnait sur accus et m'étendis. Les moustiques bourdonnaient autour de mes oreilles tandis que je fumais une cigarette dans le noir. Les grenouilles continuaient à coasser sur la rive et j'entendis une perche en chasse qui sautait, quelque part sur le lac.

De l'argent dans ce coin perdu ? Je devais être fou !

Mais d'où venaient ces deux billets de vingt dollars ? D'ici même, non ? Je les avais bien vus. Il n'y avait aucun doute là-dessus ; je poussai un juron entre mes dents et éteignis ma cigarette. Toute cette affaire était franchement absurde. Est-ce que j'espérais vraiment établir un lien entre ce camp primitif et pouilleux, perdu dans les bois, et le mystère du fantomatique Bill Haig ?

CHAPITRE IV

Bill le Tordu appartenait à la confrérie des Kelly la Mitraillette, des Floyd Joli-Cœur et des Dillinger des années trente. C'était l'incarnation de la force brutale. Mais, assez étrangement, jusqu'au jour où son nom s'était étalé dans les manchettes des journaux, deux années auparavant, — il avait alors vingt-six ans — son casier judiciaire ne comportait qu'un délit mineur pour vol de voitures. Il était apparemment devenu fou, mais, paradoxalement, sa violence était soigneusement calculée ; il n'avait qu'un seul objectif : les banques, et les grosses.

En six mois, Bill Haig et sa bande avaient attaqué trois grandes banques, à l'estomac et sans douceur. La première opération, à Saint-Louis, s'était soldée par la mort d'un caissier et d'un garde et un butin inférieur à neuf mille dollars. La seconde avait eu lieu dans un faubourg de Detroit. Elle lui avait rapporté quatre-vingt mille dollars en quelques minutes, mais le copain qui s'était chargé du gros de la somme avait été abattu dans la rue, devant la banque, au cours d'une bataille rangée avec la police. Haig et les deux autres s'étaient échappés avec quelque douze mille dollars, abandonnant derrière eux un policier mort et un policier blessé à la hanche.

Les journaux firent un sort à ce second hold-up.

À Sanport, au mois de février, il attaqua la Banque nationale du Golfe en compagnie de trois autres gars. Ils tuèrent un garde, blessèrent un employé, et raflèrent près de cent soixante-dix mille dollars. Ils abandonnèrent l'un d'entre eux, Red Jolley, sur les marches de la banque ; il avait reçu une balle dans le ventre. Leur chauffeur fut tué d'une balle dans la tête au premier tournant. Le type qui se trouvait devant le balança par la portière sur la chaussée et prit le volant. Haig était assis sur le siège arrière, avec la valise contenant le butin. Vingt minutes plus tard, dans les faubourgs de la ville, mais avant de franchir les barrages que la police avait dressés, leur voiture s'écrasa à plus de cent à l'heure contre un camion qui allait au pas. Les deux véhicules firent une embardée, traversèrent la rue et accrochèrent deux autres voitures qui arrivaient en sens contraire. Les policiers furent sur les lieux en moins de quatre-vingt-dix secondes. Le chauffeur était toujours au volant, la nuque brisée. Haig ? Haig avait disparu.

On eût dit qu'il était tranquillement sorti de la voiture pour monter dans une soucoupe volante à destination de Mars, en emportant son butin. Personne ne l'avait aperçu. L'argent s'était envolé. On ne l'avait jamais revu. Tout cela se passait dix-huit mois plus tôt.

Cependant, Red Jolley avait survécu assez longtemps pour parler. Il avait expliqué qui était Haig et d'où il venait. Le F.B.I. était parti de ces renseignements et lorsqu'il eut terminé son enquête, il aurait pu publier une biographie de Haig en trois volumes. Il possédait des photographies, des signalements, des empreintes digitales, un dossier complet sur ses habitudes, depuis les filles qu'il préférait jusqu'aux omelettes qu'il avalait pour son petit déjeuner. Sa photo avait paru en première page de tous les journaux, elle avait été affichée sur les murs de tous les bureaux de poste du pays. Et tout ça n'avait servi à rien. Haig s'était, selon toutes apparences, tout simplement volatilisé. En emportant avec lui le produit complet de l'un des plus grands braquages de l'histoire.

J'allumai une cigarette et restai les yeux ouverts dans le noir ; j'étais bien convaincu qu'il n'existait pas de rapport entre cette affaire et Haig. Mais, bon sang, les faits étaient là, incontestables. Je les récapitulai dans mon esprit.

Premièrement, on n'avait jamais retrouvé cet argent.

Deuxièmement, la preuve en était qu'on le recherchait toujours, cet argent. C'était également une preuve qu'une partie au moins des billets était identifiable.

Troisièmement, ces deux billets de vingt dollars étaient trop facilement repérables. Le F.B.I.

essayait de découvrir d'où ils venaient. Et puis, on m'avait montré, entre autres, une photographie de Haig.

Quatrièmement, ces deux billets venaient d'ici.

Mais où se trouvait le lien ? Haig était de San Francisco. C'était un citadin. Il n'aurait pu survivre des jours et des jours dans ce marécage perdu, à supposer même qu'il soit arrivé jusqu'ici ; le dernier des imbéciles n'aurait jamais eu l'idée de venir se terrer dans un coin pareil.

Qu'est-ce qu'on pouvait en conclure ? Il y avait plusieurs présomptions assez fortes. La première, c'est que Haig était mort. S'il était encore en vie, le F.B.I. l'aurait découvert depuis longtemps. Mais ça ne faisait qu'épaissir le mystère. Pourquoi n'avait-on pas retrouvé son cadavre ? Et la question sans réponse restait entière : comment l'argent avait-il pu arriver jusqu'ici, ou du moins ces deux billets de vingt dollars ? Et si quelqu'un était entré en possession de ces billets par une série de circonstances encore inconnues ? Une intelligence, même sous-développée, n'aurait-elle pas compris que c'était bizarre, cette valise pleine d'argent, abandonnée comme ça, et qu'il y avait intérêt à prendre des précautions si on voulait dépenser ces billets ? Mais alors, pourquoi deux billets tout neufs, portant des numéros consécutifs, dans un coin où n'importe quel billet de vingt dollars devait attirer l'attention ?

Minute ! Elle avait déclaré qu'elle avait passé la nuit en ville. C'est peut-être qu'elle avait trouvé cet argent. Mais non, ça ne collait pas. Il lui avait dit d'aller prendre les moteurs et il avait dû lui donner de l'argent pour payer la note. Ce qui nous ramenait ici. Il n'y avait que deux possibilités.

Ou bien les Nunn avaient le magot, ou son possesseur en avait dépensé une partie ici. Il fallait sans doute éliminer Nunn ; c'était un ancien policier et s'il voulait écouler de l'argent volé, il se serait arrangé pour ne pas laisser de traces.

Je mis longtemps à m'endormir.

Le bruit d'une voiture qui pénétrait dans la clairière me réveilla juste à l'aube. Je contemplai l'aménagement de ma modeste cabine. Le toit était de tôle ondulée et le plancher de sapin à peine raboté. Le lit mis à part, les seuls meubles étaient un poêle rudimentaire pour la saison de la chasse au canard et une caisse en bois sur laquelle étaient disposés un broc d'eau et une cuvette. Je me débarbouillai en vitesse, enfilai des vêtements de pêche kaki et sortis me brosser les dents. Devant moi, un peu à droite, huit ou dix barques étaient amarrées à une jetée perpendiculaire à la rive. Tout était humide de rosée.

Le type qui était arrivé en voiture était sans doute entré dans la maison. J'y pénétrai à mon tour. La lampe était allumée et sa lumière blanche se fondait dans les teintes grises de l'aube. Jewell Nunn, vêtue d'un pantalon court et d'une chemise d'homme, faisait frire des œufs sur le fourneau. Elle jeta un coup d'œil boudeur sur la contre-porte en l'entendant s'ouvrir ; elle avait les yeux bouffis et les paupières rouges, comme si elle n'avait pas dormi ou comme si elle avait pleuré. Quant à Nunn, il sortait des appâts de pêche au lancer de la vitrine. Il me salua sèchement. L'autre type, sans doute celui qui lui avait téléphoné la veille, était assis au comptoir. Il se retourna pour me regarder. Je ne le connaissais pas. C'était un homme svelte, grisonnant, qui avait passé la cinquantaine, et vêtu d'un complet kaki impeccable.

— Bonjour ! fit-il d'un ton assez jovial.

— Bonjour ! répondis-je.

Je m'assis sur un tabouret, à l'extrémité du comptoir et commandai un café et deux œufs. On mangea en silence.

L'autre acheva son petit déjeuner et le régla avec un billet d'un dollar. Nunn arriva par la porte de derrière. Il portait un petit moteur hors-bord.

— Vous êtes prêt, Godwin ? me demanda-t-il.

— Je ne suis pas pressé, répondis-je. Indiquez-moi le bateau que je dois prendre.

— Quelle sorte de moteur avez-vous ?

Je désignai celui qu'il portait :

— Le même, dis-je.

— Alors prenez le numéro 6.

Il sortit avec son client. Je les entendis qui prenaient leur matériel dans la voiture, tandis que je finissais mes œufs. Je me levai, pris un billet de cinq dollars dans mon portefeuille et longeai le comptoir jusqu'à hauteur de la boîte à cigares tandis qu'elle me rendait la monnaie. La boîte contenait les mêmes billets que la veille. Ma foi, qu'est-ce que j'espérais ? Cette affaire avait l'air absolument dingue.

Il faisait grand jour à présent. J'ouvris la portière de ma fourgonnette et portai le moteur jusqu'au bateau. Nunn et son client avaient embarqué leurs affaires et ils avaient l'air prêts à partir, mais il manipulait le moteur. Il leva le nez et m'indiqua une barque qui portait le numéro 6, grossièrement peint sur la proue. J'adaptai le moteur à la barre et allumai une cigarette avant d'aller chercher mon attirail de pêche.

Lorsque je me mis à embarquer mes affaires, ils étaient toujours là. Le type grisonnant avait l'air énervé, mais il ne disait rien. Nunn ne semblait pas pressé de démarrer. Il tripotait toujours son moteur et vidait l'eau du fond de son bateau. Lorsque tout mon matériel fut à bord, il tira par deux fois, mais sans y mettre beaucoup de cœur, sur la corde du démarreur.

— Je croyais que vous aviez révisé ces moteurs, me lança-t-il avec un coup d'œil mauvais.

— On les a révisés, répondis-je. Si vous essayiez d'ouvrir la soupape d'admission.

Il grogna et s'exécuta. À l'essai suivant, le moteur démarra.

— Suivez-nous, si vous voulez, dit-il en réduisant les gaz pour que je puisse l'entendre. Là où nous allons pêcher, c'est le meilleur coin.

— Merci, répondis-je, étonné par cet accès de générosité.

Son client le payait pour le guider ; c'était

bizarre qu'il m'offre ses services pour rien. Ils remontèrent le goulet entre deux rideaux d'arbres. Je lançai mon moteur et les suivis, bien décidé à les lâcher en route. J'aimais bien pêcher tout seul.

Nous sortîmes du goulet pour gagner le lac en côtoyant des bancs d'herbes et de vieilles souches, le long de la rive orientale. Le soleil n'était pas encore levé ; l'air était frais.

Nunn vira sur la gauche et pénétra dans un chenal, au bout du lac. Je poursuivis ma route tout droit. Quelques minutes plus tard, je coupai les gaz et laissai le bateau dériver, tout en montant ma ligne. Je me trouvais près de l'extrémité nord du plan d'eau, mais à l'est du chenal où Nunn et son client avaient disparu. Juste en face de moi, un autre chenal, sinueux et flanqué d'arbres, s'enfonçait vers le nord-est.

Je lançai ma ligne et j'eus presque immédiatement une touche. Pendant une demi-heure, je m'abandonnai entièrement aux joies simples de la pêche : j'attrapai et relâchai quatre petites perches ; j'avais oublié l'énigme des billets de vingt dollars. Le soleil se leva et la chaleur monta. La surface du lac ressemblait à un miroir.

Ma chance tourna aussi brusquement qu'elle était venue. Je changeai d'appâts une demi-douzaine de fois, mais sans succès. Je cessai de lancer et, au moment où j'allumais une cigarette, j'entendis un moteur hors-bord dans la direction du nord. Je jetai un coup d'œil par-dessus mon épaule et aperçus le bateau au moment où il arrivait au premier coude du chenal que j'avais en face de moi. C'était une barque munie d'un petit moteur. Un seul homme était à bord. Il s'engagea dans le lac, vira légèrement, passa à plus de cinquante mètres de moi et gagna le goulet qui menait au camp de pêche. Je fis un signe du bras et il me répondit ; c'était un petit homme vêtu d'un bleu, et coiffé d'un chapeau de paille cabossé. Ce n'était pas une barque de louage : celles de Nunn étaient vertes. « C'est sans doute quelqu'un du coin », me dis-je. Quelques personnes habitaient les marais, surtout des chasseurs de rats musqués et peut-être un ou deux distillateurs clandestins.

Je repris ma gaule et continuai à pêcher, mais sans enthousiasme : les mêmes questions étaient revenues m'obséder. Le soleil devint accablant ; il se réfléchissait sur la surface du lac, à me brûler les yeux. Au bout d'un certain temps, j'aperçus le type au grand chapeau de paille qui sortait de la passe dans son bateau et gagnait le large. Il passa à une cinquantaine de mètres de moi, leva un bras pour me saluer et s'engagea dans le chenal d'où je l'avais vu émerger un peu plus tôt. Je remarquai une espèce de boîte de carton à la proue de sa barque. « Il est venu acheter de l'épicerie », me dis-je en me rappelant les boîtes que j'avais vues au camp.

La matinée s'étirait. J'eus quelques touches d'ablettes, mais les perches étaient allées se coucher pour la journée. Je commençais à avoir soif. Je perdais mon temps ; toute cette histoire était stupide, en fin de compte. Son absurdité m'apparut soudain ; dégoûté, je lançai le moteur. Mieux valait rentrer chez moi et n'y plus penser.

Je redescendis le lac et jetai un coup d'œil à ma montre en pénétrant dans l'étroit goulet. Il était plus de onze heures. Si je rentrais en ville maintenant, après avoir loué la cabine et le bateau pour deux jours, ça ferait un drôle d'effet. Mais je dirais tout simplement que je ne me sentais pas bien. Je coupai les gaz et dérivai jusqu'à la berge ; dans le silence soudain, je crus entendre une voiture dans le bois, au-delà de la clairière. Elle avait l'air de s'éloigner, mais le bruit s'éteignit et je me demandai si j'avais bien entendu. J'amarrai la barque à la jetée et me mis à dévisser les écrous pour libérer le moteur. « Après tout, me dis-je, je porterai tout ça dans la fourgonnette après avoir bu un coup. »

La torpeur de midi pesait sur la clairière. Je gagnai la baraque et y entrai. Jewell Nunn balayait la salle. Elle se retourna d'un air fébrile et craintif, puis reprit son calme en me voyant.

— Vous avez quelque chose de frais à boire ? demandai-je.

— Rien que des Coca-Cola. Pas de bière.

— Donnez-m'en un. Avec un verre d'eau, s'il vous plaît.

Elle passa derrière le comptoir et ouvrit la glacière. Elle déboucha une bouteille et remplit un verre d'eau à une bonbonne voisine. Je tirai mon portefeuille et en sortis un billet de dix dollars pour régler le prix de la cabine et du bateau.

Elle jeta un coup d'œil sur mon billet et sortit la boîte à cigares de dessous le comptoir. Elle y jeta un coup d'œil :

— Vous n'avez pas un billet plus petit ? demanda-t-elle.

Elle croyait que je voulais simplement payer mon verre. J'allais lui expliquer mon intention de partir, mais je me dis que je ferais bien de jeter un dernier coup d'œil dans cette boîte avant d'ouvrir la bouche. Je m'avançai, mine de rien, et regardai. Je ne vis aucun billet de vingt dollars, neuf ou usagé. « Eh bien, me dis-je avec dégoût, tu es content maintenant ? »

— Je voulais... commençai-je.

Mais je m'interrompis brusquement en voyant un billet de dix dollars. Il se trouvait sur le dessus, bien étalé, et l'un de ses bords était marqué d'une tache étroite, brun rougeâtre.

CHAPITRE V

Peut-être y était-il depuis longtemps. J'étais à la recherche d'un billet de vingt dollars. Mais non ! La veille au soir, il n'y avait dans cette boîte que des billets d'un et de cinq dollars. Ce matin, l'autre pêcheur avait réglé son petit déjeuner avec un billet d'un dollar et j'avais donné un billet de cinq.

Quelqu'un était venu, avait effectué un achat avec ce billet de dix dollars et avait reçu l'un des billets de cinq comme monnaie. *Et ça s'était passé ce matin.* Un frisson me parcourut l'échine. Ça devenait très intéressant.

— Vous n'avez pas de billet plus petit ? répéta-t-elle.

Je sortis de ma rêverie. Elle m'observait d'un air intrigué.

— Oh ! fis-je en enfonçant ma main dans ma poche, où je découvris une pièce de vingt-cinq *cents*. Voilà. Pouvez-vous me donner une autre bouteille pendant que vous y êtes ? J'ai une de ces soifs...

Je tenais toujours mon billet de dix dollars à la

main quand elle me tourna le dos pour ouvrir le réfrigérateur. Il ne me fallut qu'une fraction de seconde pour le substituer à l'autre coupure. Quand elle se retourna, je l'avais glissé dans mon portefeuille. Je posai la pièce de vingt-cinq *cents* sur le comptoir et elle m'en rendit une de cinq, qu'elle prit dans la boîte sans se rendre compte de la substitution. Il n'y avait aucune raison pour qu'elle la remarque ; la tache était si mince qu'il fallait être averti pour y faire attention. J'avais une envie folle d'examiner ce billet, mais il fallait attendre. Pour l'instant, j'avais des choses plus importantes à régler.

Je m'assis sur un des tabourets et me mis à siroter mon Coca-Cola. Elle empoigna son balai qu'elle avait accoté au mur, près de la petite fenêtre, à l'extrémité de la pièce.

J'allumai une cigarette et pivotai sur mon tabouret.

— Est-ce que vous n'avez jamais été mannequin ? demandai-je.

Elle s'arrêta de balayer et se retourna :

— Non. Pourquoi ?

— Je ne sais pas, fis-je en haussant les épaules. C'est peut-être votre démarche. On ne vous a jamais appris à marcher ?

Elle fit signe que non. Elle m'observait, mais on ne pouvait rien lire dans son regard.

— Qu'est-ce qui vous le fait croire ?

J'eus un geste éloquent de la main qui tenait la cigarette :

— La forme. La ligne. L'allure. Appelez ça comme vous voulez. Marchez donc jusqu'à la porte, puis revenez.

Elle me jeta un regard dur et soupçonneux et je pensai qu'elle allait me dire d'aller me faire voir ailleurs. Mais elle n'en fit rien, reposa le balai contre le mur et m'obéit. Je l'observai. Elle avait, au premier abord, une grâce naturelle, mais que gâtait une certaine gêne. Ma foi, j'allais l'augmenter, cette gêne.

— N'écartez pas tant les pieds ! lançai-je. Qu'est-ce que vous fabriquez ? Vous enjambez une palissade ?

Elle s'arrêta, le souffle coupé.

Je ne lui laissai pas le temps d'ouvrir la bouche.

— Je suis vraiment désolé, madame Nunn, fis-je très vite en souriant et en levant le bras comme pour me défendre. Écoutez, je voulais dire... Excusez-moi, voulez-vous ? Ça m'a échappé. C'est difficile à expliquer.

— Qu'est-ce que vous voulez dire ?

Je hochai la tête et lui souris :

— Je suis désolé d'avoir beuglé comme ça. Je n'ai pas réfléchi. Mais tâchez de comprendre : quand une toute petite chose cloche, on la remarque d'autant plus que le reste est impeccable. Vous saisissez ?

— Pas tout à fait.

Elle n'était pas extrêmement brillante et elle était un peu décontenancée. Elle hocha la tête :

— Mais pourquoi avez-vous dit ça ? La plupart

des femmes marchent les pieds écartés, comme moi, n'est-ce pas ?

— C'est exact, et chez la plupart des femmes ça n'a pas d'importance.

— Pourquoi ?

— Parce qu'elles marchent comme des mules.

— Oh !

Je me retournai et lui souris.

— Je sais que vous devez me prendre pour un fou. Je suis désolé. Je n'avais aucun droit de vous adresser des remarques de ce genre. Mais... vous êtes susceptible, tout simplement, quand on vous attaque au point sensible, voilà tout. Je trouve les grandes femmes très belles quand elles marchent correctement, mais c'est rare. Alors, quand j'en rencontre une qui marche bien, ça m'étonne un peu. Il vaut mieux tourner sept fois sa langue dans sa bouche avant de parler, quand on est un peu gaffeur.

— Oh ! (Elle réfléchit un instant, puis reprit :) Ma foi, il n'y avait vraiment pas de quoi se mettre en colère, pas vrai ?

Elle ne fit pas mine de se remettre à balayer. Elle avait perdu son air maussade. Son visage rasséréné, un peu nostalgique, l'effort qu'elle faisait pour me parler avec cordialité, tout ça c'était vaguement pathétique. J'avais tapé dans le mille.

*

Son nom de jeune fille était Jewell Tennison et elle avait vingt-quatre ans. C'est-à-dire presque vingt-quatre ans. Son anniversaire était en octobre. Elle avait vécu toute sa vie à Exeter, la capitale du comté, à part l'année qu'elle avait passée chez une tante à La Nouvelle-Orléans, quand elle avait douze ans. Son père et sa mère étaient morts tous les deux. Elle avait un frère à Barstow, en Californie. Non. Son nom ne s'orthographiait pas comme celui de Lord Tennyson. Elle se souvenait de lui. Elle avait lu ses poèmes à l'école. Ça s'écrivait avec un « y », n'est-ce pas ? Elle avait habité avec George une maison d'Exeter à moitié payée. Lorsqu'il avait perdu son poste de shérif, ils avaient vendu la maison pour acheter ce camp. Elle avait contribué à l'achat, à concurrence de douze cents dollars que sa mère lui avait laissés.

Non, elle n'avait jamais considéré ses mains de ce point de vue. C'était affreux comme les eaux de vaisselle les rendaient rugueuses, mais elle n'avait jamais fait beaucoup attention à leur forme. Je les trouvais vraiment expressives. Où est-ce que j'avais appris à remarquer ces choses-là chez les femmes ? De petites choses, comme leurs mains, leur démarche ?

Elle ne me parla pas de Nunn, ce qui me frappa. Du fond de la tristesse où elle sombrait peu à peu, elle était pourtant capable de faire une plaisanterie du genre : « On me fait confiance à la prison », et même de l'adresser à un homme qu'elle ne connaissait pas du tout ; mais ceci était différent. Je doutais fort qu'elle fût encore amoureuse de Nunn, mais maintenant qu'elle ouvrait ses pétales et qu'elle se sentait à l'aise en son for intérieur, elle se conformait au dogme de la morale petite bourgeoise qui veut qu'on ne critique pas son époux devant des étrangers, même si c'est un triste salaupiot.

Mais ce n'était pas difficile de lire entre les lignes. Elle agonisait lentement. Elle devenait dingue, dans cette solitude. Elle était affamée, tout simplement affamée, de compagnie et de conversation, et peut-être d'un peu de gentillesse. Un simple geste de tendresse, me dis-je, et c'était l'aventure. Pas ici, sans doute, et certainement pas en plein jour, mais on pouvait toujours combiner quelque chose. C'était une question à examiner plus tard ; pour l'instant, tout ce que je cherchais, c'étaient des tuyaux.

Non, ils avaient surtout affaire aux pêcheurs. Certains d'entre eux venaient passer trois ou quatre jours et quelques-uns engageaient George. L'épicerie était surtout destinée aux gens qui voulaient aller camper et pêcher un jour ou deux au bout du lac, mais, de temps en temps, on en vendait aux habitants du cru, surtout quand il leur manquait quelque chose et qu'ils voulaient s'épargner le long voyage jusqu'à la ville. Ainsi, ce matin-là, un des fils Hildebrand était venu en voiture chercher une boîte de levure et du lait condensé. Oui, juste avant que j'arrive.

Vas-y, ma poulette !

Personne d'autre ?

... le bout du lac ? Oui, il y avait quelques personnes qui y habitaient, surtout des hommes, mais on ne les voyait pas souvent. Sauf le louftingue, bien entendu. Mais il était parti, complètement parti. Non, pas parti dans ce sens-là. En fait, il était venu le matin même. Je l'avais peut-être vu passer dans son bateau. C'est sa tête qui était partie, voulait-elle dire. Vous voyez le genre, pas tout à fait d'aplomb. Oh ! il n'était pas méchant : on avait plutôt pitié de lui, mais ce n'était guère la peine d'essayer de lui parler. Oui, il se baladait pas mal. Il venait deux fois par semaine chercher son épicerie et ses bandes dessinées...

Des bandes dessinées ? Je me les rappelai. Voilà pourquoi il y en avait tant. Ma foi, autant le rayer de la liste. Mais, bon sang, il devait y avoir quelqu'un d'autre. Je continuai à l'écouter. Peut-être allait-elle me refiler le bon tuyau, à la fin des fins.

... George l'appelait « Deux Flingues », mais son vrai nom était Cliffords. Walter. Ou Wilbur Cliffords. Mais ça n'avait pas d'importance, il se foutait de son vrai nom. La moitié du temps, il se prenait pour le fameux sergent Friday et l'autre moitié pour le fameux shérif Wyatt Earp. Quand il était Wyatt Earp, il portait un grand sombrero de paille, un baudrier avec un étui contenant un revolver à six coups. Parfaitement, un vrai ; George disait que c'était un 36 ou un 38, quelque chose dans ce goût-là. C'est avec ça qu'il tirait sur les serpents. Ça faisait des années qu'il était là, à ce qu'elle savait. Il travaillait autrefois pour les chemins de fer du Sud-Pacifique ou une compagnie dans ce genre-là.

En tout cas, il avait une pension d'invalidité et il passait son temps à pêcher et à chasser ; comme il vivait tout seul, comme un ermite, ce n'était pas étonnant qu'il soit un peu... ma foi, comme vous savez. Ça devait être une très bonne pension, car elle pouvait affirmer qu'il achetait au moins pour quinze ou vingt dollars de bandes dessinées, de magazines policiers et de journaux d'astrologie chez eux tous les mois, sans parler de l'épicerie, des balles et des cartouches pour tirer sur les serpents avec son 36. Il payait toujours avec des billets de dix ou de vingt dollars. On aurait pu croire, n'est-ce pas, qu'avec tout cet argent il aurait pu rester en ville, avoir la télévision et dégoter des gens civilisés à qui parler...

À force de vivre toujours à l'affût d'une occase, on finit par avoir des antennes. C'est un peu comme un compteur Geiger interne qui se déclenche et se met tout doucement en marche, même quand l'esprit est à moitié endormi ; au bout d'un certain temps, on apprend à l'écouter. Je l'entendis soudain...

Oh ! bien sûr, elle comprenait qu'un type aussi bizarre que M. Cliffords puisse intriguer les gens qui s'intéressent aux autres. Non, elle était certaine qu'il habitait le lac depuis plus d'un an et même plus de dix-huit mois. Sans doute, elle et George n'étaient pas installés ici depuis un an, mais elle savait que M. Cliffords y était depuis au moins trois ans ; trois ans auparavant, George avait fait sa connaissance. George était venu au marais arrêter un nègre assassin d'un homme qui s'envoyait sa femme, vous voyez le genre. C'est alors qu'il avait rencontré M. Cliffords et il en avait parlé à Jewell en rentrant chez lui. Il lui avait raconté que ce louftingue voulait le suivre et l'aider à rabattre le nègre ; il avait utilisé de drôles de mots, du genre « expédition », « cordon de police », et « appréhender l'assassin », etc. « Ça valait son pesant de cacahuètes », avait dit George. Ça remontait bien à trois ans, elle en était sûre, car c'était quelques mois après leur mariage.

Son âge ? Oh ! il était assez vieux, au moins quarante-cinq ans. Non, il allait rarement en ville. Peut-être une fois tous les deux ou trois mois pour y toucher ses chèques et y acheter les quelques vêtements dont il avait besoin. Non, il ne leur avait jamais demandé d'en encaisser un, mais parfois elle faisait des courses pour lui quand elle allait en ville — vous savez, passer à la pharmacie pour acheter des médicaments et des trucs de ce genre. — Son courrier ? Ma foi, il arrivait à l'adresse du camp par la boîte, le long de la route. Il ne recevait jamais que ses chèques. Ils arrivaient dans une longue enveloppe sur laquelle était imprimé le nom de la compagnie de chemin de fer. Elle croyait que c'était le Sud-Pacifique. Il n'avait probablement pas de parents du tout, le pauvre vieux !

Quand il allait en ville, il descendait le lac en bateau et George l'emmenait en voiture. Ou bien elle. La cabane de Cliffords se trouvait à environ quinze cents mètres de la route qui bifurquait de la nationale, vers l'autre bout du lac, mais cette route n'était carrossable qu'en période de sécheresse et, de toute manière, il n'avait pas d'auto.

Elle remplit deux tasses de café qu'elle venait de faire tout en bavardant et elle revint s'asseoir. Nous nous trouvions en face l'un de l'autre ; un tabouret nous séparait. J'étais assis sur le siège de gauche, le dos tourné à la porte.

Elle sirotait son café en souriant.

— Je devrais me remettre au travail, dit-elle. Ça fait un bout de temps que je n'ai pas parlé autant.

— Ça m'a beaucoup plu, dis-je. Beaucoup plu.

Je pris mes cigarettes en me demandant comment l'inciter à revenir à Cliffords et lui en offris une. Nous nous penchâmes l'un vers l'autre tandis que je lui tendais mon briquet. « Elle est assez jolie, me dis-je, avec ce regard chaleureux et amical. »

Mais son visage se figea soudain, comme si je l'avais battue. Elle regardait par-dessus mon épaule. Je me retournai au moment où Nunn ouvrait la contre-porte et entrait. « Il se déplace comme un chat », me dis-je. Nous ne l'avions pas entendu marcher sous la véranda.

Je fis un signe de tête, allumai ma cigarette et refermai mon briquet.

— Comment va la pêche ? lui lançai-je, en me demandant pourquoi il revenait si tôt.

Je n'avais même pas entendu son bateau entrer dans le goulet.

Il me regarda fixement un moment. Je pensai

qu'il allait se dispenser de me répondre, mais il dit :

— Couci-couça. Et vous ? Vous avez attrapé beaucoup de poissons ?

— J'ai eu un peu de veine au début, mais elle a passé.

— Peut-être que vous n'avez pas persévéré, hein ?

Elle n'avait rien dit du tout, mais je sentais la tension qui montait dans la pièce. L'orage menaçait d'éclater au moindre geste.

Il nous regarda sombrement tous les deux, puis contempla les tasses de café.

— Je me demande si tu pourrais aller me chercher cette boîte de goupilles, lui dit-il. Tu aurais une minute ?

Elle se leva sans mot dire et disparut par la porte, derrière le comptoir. Le silence qu'elle laissait derrière elle aurait été gênant s'il s'était agi de deux autres personnes. Mais nous nous préoccupions si peu l'un de l'autre que ça n'avait aucune importance.

— Vous les révisez fameusement, les moteurs, dit-il.

— Qu'est-ce qui ne va pas ? lui demandai-je en le regardant froidement.

— J'ai cassé une goupille.

— Je m'en doute, mais savez-vous à quoi ça sert, les goupilles ?

— Ça va, ça va, grogna-t-il. Vous avez touché votre argent. Qu'est-ce que ça peut vous faire ?

— Si la goupille ne sautait pas, vous casseriez votre hélice en heurtant un obstacle, ou alors l'axe se tordrait.

Il gratta une allumette sur son ongle et alluma une cigarette.

— Vraiment ? En principe, il doit y avoir un embrayage centrifuge.

— C'est vrai sur les nouveaux moteurs, pas sur les vieux.

— Bon. Bon. Je savais bien que vous auriez réponse à tout. Je n'ai eu que des ennuis avec ces moteurs depuis que je les ai achetés.

Je vidai ma tasse de café, mis une pièce de dix *cents* sur le comptoir et me levai.

— Tâchez d'en prendre soin, dis-je. Ça ne fait jamais de mal.

Je me dirigeai vers la porte. Il s'effaça de mauvaise grâce. Il était visible qu'il cherchait des histoires, mais il voulait surtout me voir quitter les lieux. Ça m'était bien égal. J'avais du pain sur la planche.

— Vous ne voulez rien d'autre ? demanda-t-il.

Je m'arrêtai, me retournai et considérai le sombre visage en lame de couteau à cinquante centimètres de moi.

— Non, dis-je. Je ne crois pas. Pourquoi ?

— Je voulais seulement m'en assurer. Ça va comme ça ?

— Je crois que oui.

Je sortis et traversai la clairière inondée de soleil pour gagner ma cabine. Cette discussion sur les moteurs ne tenait pas debout. Il n'avait probablement même pas cassé cette goupille. Ou, s'il l'avait fait, c'était exprès pour avoir l'excuse de revenir en douce. Il l'espionnait. Ou alors c'était moi qu'il espionnait.

Je me demandai pourquoi. Était-ce en rapport avec l'affaire qui m'avait amené ici ? Ou croyait-il tout simplement que c'était à cause d'elle ? Ça pouvait se comprendre, vu le type d'homme ; la manière dont il se conduisait dès le début semblait le prouver.

Mon Dieu ! s'il n'était pas sûr de la tenir, c'était tant pis pour lui, pas pour moi. J'avais d'autres chats à fouetter ; je commençais à songer que si cette affaire m'avait paru un peu loufoque au début, elle devenait tout à fait aberrante.

Je disposais d'un tas de preuves. Elles se recoupaient. Il suffisait de les assembler pour obtenir la solution. Quelle était cette solution ?

Un des plus grands réseaux policiers du monde ratissait l'Amérique du Nord pour essayer de découvrir l'argent volé dans une banque, qu'un doux cinglé retombé en enfance utilisait tranquillement pour acheter des bandes dessinées.

« Vas-y, Cliffords, me dis-je. Je vais t'en apporter une brassée et on causera. »

CHAPITRE VI

Je coupai les gaz et m'arrêtai sous un épais feuillage, le long de la rive. Il était environ une heure de l'après-midi. J'avais parcouru un peu plus de quinze cents mètres dans le chenal sinueux qu'avait emprunté Cliffords et je me trouvais dans un coin qui aurait pu passer pour un marigot perdu de l'Amazone. Aucun bruit ne troublait l'immobilité de midi. Le chenal, large à peu près de cent mètres à cet endroit, débouchait de la forêt quatre cents mètres derrière moi et allait se perdre en amont dans une courbe.

J'ouvris ma boîte à hameçons et dépliai une grande carte du comté. Je repérai l'endroit où je me trouvais ; c'était le bras du lac situé le plus à l'est, proche de la nationale, et plus ou moins parallèle à elle, à environ cinq kilomètres de distance. Je me trouvais à peu près à cet endroit. Je repérai également le chemin qui descendait de la nationale. Il la quittait à quinze cents mètres, au sud de ce vicieux virage en S.

Je restai immobile un instant à considérer pensivement la carte sans vraiment la voir. Que diable se passait-il ? Je me secouai et allumai une cigarette. Allons, j'étais dans le coup, à présent. Le chemin n'apparaissait sur la carte que par une mince trace qui aboutissait à ce canal. Je consultai l'échelle et calculai la distance. À six ou sept kilomètres, devait se trouver la cabane de Cliffords. Jewell avait parlé de deux ou trois kilomètres. Je me demandai si elle était jamais venue jusqu'ici.

Je rangeai la carte et tirai le billet de dix dollars de mon portefeuille. C'était un vieux billet, froissé et usé par des milliers de mains, semblable à des millions d'autres, à part cette tache étroite sur le bord. Je le comparai au billet de vingt dollars. La tache était exactement de la même couleur, brun rougeâtre, et n'apparaissait qu'à cet endroit.

L'hypothèse Cliffords ne tenait pas debout. Toute cette histoire était absurde. Le F.B.I. ne pouvait être qu'à la recherche de Haig, ou de l'argent volé, car c'était la plus grosse affaire criminelle, et la plus déroutante des dix dernières années ; de plus, on m'avait montré sa photo. Quel rapport y avait-il entre ce tueur sauvage et ce vieux dingue innocent qui s'excitait sur des histoires de vaisseaux spatiaux, de gendarmes et de voleurs. « Réfléchis un peu », me dis-je. Cliffords habitait déjà tout seul dans ce marais perdu, bien avant que Haig ait amorcé sa carrière légendaire. Ça, j'en étais sûr. Haig devait avoir dans les vingt-huit ans, à présent. Cliffords en avait au moins quarante-cinq. Il n'existait aucun rapport possible de parenté ni même de voisinage entre les deux hommes. Tous les gens à qui Haig s'était contenté de demander du feu au cours des dix dernières années avaient été retrouvés et interrogés par le F.B.I.

Alors, que restait-il ? Rien.

Et cependant... Aussi fantastique que ça puisse paraître, j'avais la certitude quasi absolue que ce farfadet loufoque dépensait l'argent de Haig.

Je remis le moteur en marche.

À chaque méandre, le plan d'eau s'étendait, vide et étincelant au soleil, aussi dépourvu de signes de vie ou d'habitation que le précédent. Au bout d'une demi-heure, je me mis à surveiller la rive droite pour y découvrir la route. Je ne tardai pas à l'apercevoir ; elle s'ouvrait entre les arbres et la rive avait été rabotée pour former une rampe en pente douce où l'on pouvait faire glisser les bateaux transportés sur remorque. Je remarquai les tas de cendres de plusieurs feux de camp, mais aucune voiture. Je ralentis un peu et tâchai de repérer une cabane ou un débarcadère. Quinze cents mètres plus loin, au moment où je sortais d'un méandre, le canal s'élargit brusquement sur près de deux cents mètres ; ce plan d'eau avait plus d'un kilomètre de long ; des herbes touffues flottaient sur la rive gauche. À mi-chemin du chenal, j'aperçus ce que je cherchais : une barque tirée sur une plage en pente, dans une anse, à droite. Le moteur était relevé à la poupe. Cliffords n'était pas visible, mais en passant j'aperçus un mur gris et dégradé entre les arbres. Ce devait être sa cabane.

Je poursuivis ma course sans ralentir. Il avait dû m'entendre, mais le passage d'un pêcheur, de loin en loin, n'avait rien d'extraordinaire. Je m'engageai dans le méandre suivant et poursuivis ma route pendant deux kilomètres, puis je coupai les gaz pour reprendre ma gaule. Je passai une heure à pêcher avec plus ou moins de bonheur, en accomplissant machinalement les gestes rituels. Je remplis le réservoir à l'aide du jerrican et rebroussai chemin. La barque se trouvait toujours sur la plage. Pas trace de Cliffords. Il faisait probablement la sieste à cette heure-là, ou il était plongé dans sa lecture.

Je descendis le chenal de façon à m'assurer qu'il ne pouvait plus entendre le moteur. Les nouveaux modèles sont bien moins bruyants que les anciens. Juste avant d'atteindre la dernière courbe, à proximité du camp et de la rampe où aboutissait la route, je coupai les gaz et mis le cap sur un endroit de la rive où les branches d'un grand arbre surplombaient les eaux. J'y abritai le bateau, l'amarrai et sautai à terre.

Pas de sentier en vue. Je me faufilai dans les broussailles de la forêt. Il faisait très chaud ; tout était silencieux. Ma chemise fut bientôt trempée. Vingt minutes plus tard, je tournai à gauche et repris le chemin de la rive. Je venais de dépasser la courbe et j'aperçus le long plan d'eau qui s'étendait à ma droite. L'anse où sa barque était amarrée était de mon côté, dissimulée par l'angle que faisait la rivière, mais ça n'avait pas d'importance. S'il sortait, je l'apercevrais. Je m'assis à l'ombre et m'adossai à un tronc d'arbre pour allumer une cigarette. Il était trois heures dix.

Je n'avais, bien entendu, aucune certitude qu'il allait sortir. Disposant de trois cent soixante-cinq jours dans l'année pour pêcher, s'il le voulait, il se reposait sans doute de temps en temps. Ma foi, s'il ne paraissait pas, qu'y faire ? Je n'aurais plus qu'à recommencer le lendemain.

Une heure s'écoula. J'entendis soudain son moteur. Il sortit de l'anse en se dirigeant vers moi. Je m'éloignai légèrement de la rive. Il coupa les gaz et vint s'arrêter presque en face de moi, près des bancs d'herbes de la rive opposée. Il sortit son matériel et se mit à pêcher, en ramant de temps en temps. Parfait.

Je m'éloignai en toute hâte. Quelques minutes plus tard, j'arrivais au bord de la clairière. Je m'arrêtai pour l'étudier attentivement et restai immobile à la lisière de la forêt. Rien ne bougeait. Deux vieilles baraques de bois brut en voie d'effondrement semblaient figées dans un perpétuel désastre. L'ombre m'en cachait une bonne partie, car le soleil de cette fin d'après-midi descendait derrière les arbres, à ma droite.

Je me glissai sans bruit jusqu'à la fenêtre de derrière, et jetai un coup d'œil à l'intérieur. La pièce unique était vide. En face de moi, j'avisai une porte ouverte, par où j'aperçus des reflets de chenal à travers les arbres. Je fis le tour de la cabine pour étudier le terrain. L'anse où il remisait son bateau était à cinquante mètres. Je distinguais assez mal où il péchait, mais aucune importance. J'avais une heure ou deux devant moi et j'entendrais bien son moteur quand il démarrerait. Je pénétrai dans la cabane.

Elle n'était pas très grande et faisait environ cinq mètres sur six. À droite, sur le devant de la pièce, j'avisai un lit défait avec, à gauche, une vieille commode au vernis écaillé, une table et une malle. Un fusil de chasse et une carabine de 22 traînaient dans un coin, près de la malle.

Partout, sur la table, sur la malle, sous le lit, dans tous les coins de la pièce, s'empilaient des bandes dessinées et des magazines policiers bon marché dont les couvertures étalaient généreusement des créatures succulentes, à peine croyables, et trucidées dans des attitudes destinées à révéler le maximum de cuisses et de mamelles.

Je commençai par la commode. Sur le dessus, il n'y avait qu'une serviette repliée et une paire de lunettes aux verres épais. Je tirai le premier tiroir. J'y trouvai quelques mouchoirs, un rasoir, une petite glace et deux boîtes de balles de 38. Deux enveloppes portaient l'entête d'un bureau des chemins de fer du Sud-Pacifique. Elles étaient ouvertes, mais, en regardant le rectangle de cellophane, je me rendis compte qu'elles n'étaient pas vides. Peut-être les chèques lui parvenaient-ils agrafés à un avis de crédit. Je pourrais, dans ce cas, connaître le montant de sa pension. J'allais en sortir une, lorsque j'aperçus le coin d'un portefeuille qui dépassait sous les mouchoirs. Je le tirai rapidement et l'ouvris. Il contenait sept billets de dix dollars, un de cinq et quatre de un, mais aucun d'eux ne portait de tache. Pas la moindre.

J'eus un moment de dépit et de déception. J'élevai les billets de dix dollars à hauteur de la fenêtre, les exposai soigneusement à la lumière, pour les examiner de près. Inutile. Ils ressemblaient à des millions d'autres. Je haussai les épaules et remis l'argent dans le portefeuille, où je ne trouvai, pour toute pièce d'identité, qu'un vieux permis de conduire du Nouveau-Mexique, périmé depuis 1953. Il portait le nom de Walter E. Cliffords, domicilié à Lordsburg. L'intéressé mesurait un mètre soixante-quinze et pesait soixante-huit kilos. Il avait les cheveux bruns, les yeux bleus et il était né en 1905.

Je replaçai le portefeuille dans le tiroir et pris une des enveloppes. En lisant l'avis de crédit, j'eus une petite surprise. Le chèque y était encore attaché. Même chose dans l'autre enveloppe. Je fouillai dans les mouchoirs et en trouvai une troisième. Les chèques se montaient tous à cinquante-huit dollars cinquante, payables à Walter E. Cliffords, qui n'en avait pas touché un seul depuis le mois de mai. Une chose était sûre, en tout cas : ses finances n'avaient pas l'air catholiques.

Les deux autres tiroirs ne contenaient que des vêtements. Je les refermai et m'approchai de la malle. Elle n'était pas fermée à clé. J'ôtai les piles de magazines, soulevai le couvercle et reniflai une forte odeur de naphtaline. Le premier compartiment contenait, pêle-mêle, différents objets : une paire de lunettes dans leur étui, des balles, une boîte en plastique pleine d'hameçons, des bouteilles de médicaments et du matériel pour nettoyer les fusils. Je le saisis et le posai par terre. Le fond de la malle contenait des vêtements d'hiver. Je les pris un à un et fouillai les poches des vestons et de l'imperméable. Il n'y avait dans la malle que quelques magazines, tout au fond.

Et alors ? Je hochai la tête, accroupi à côté de la malle, le regard perdu dans le vide. J'aurais dû trouver quelque chose. Quelque chose d'autre, bon Dieu !

Le magazine de dessus était encore un policier. Sur la couverture, une vierge au teint de lis, vêtue comme on peut l'être place Pigalle et qui n'avait pas l'air enthousiaste, essayait d'échapper à un solide gaillard armé d'un merlin. Ah ! jeunesse ! *Folle poursuite ?... Fifres et tambours ? Extase sauvage ?* Une seconde. Je fronçai les sourcils. *Pourquoi ces magazines-ci dans la malle ?* Il devait y avoir une demi-tonne de ces publications entassées dans la pièce. Qu'est-ce que celui-là avait de particulier ? Je le pris. Il y en avait deux autres en dessous, un policier d'une autre série et un livre de poche. Un frisson me parcourut. L'affaire retrouvait son piment. Une table des matières s'étalait sur la couverture du livre de poche. Je la parcourus rapidement. Au milieu, je m'arrêtai.

L'énigme de Bill Haig le Tordu.

Alors ?

Je fourrai le bouquin de côté et me mis à feuilleter nerveusement l'un des magazines policiers pour y trouver la table des matières. La voilà. Je la parcourus rapidement des yeux, mais sans succès. Est-ce que je m'égarais encore ? Je recommençai plus lentement. *Les Filles du Purgatoire... Le secret de la piste sanglante... La Blonde froide comme un glaçon... Cet homme est-il encore au nombre des vivants ?*

Ça y était. Voir page 43.

J'y arrivai et poussai un soupir. Il s'agissait bien de Haig. Pour le dernier magazine, ce fut facile : c'était la première histoire. *Arrivera-t-on jamais à percer le mystère Bill Haig ?*

Pas si vite, mon vieux : laisse-moi souffler ! Je fais de mon mieux. Je refermai le magazine et le replaçai doucement dans la malle.

Je remis tous ces objets dans la malle, tels que je les avais trouvés, la refermai, replaçai les magazines dessus et me mis au travail. Je pris soin de remettre tout exactement à sa place et rien ne m'échappa. J'allai jusqu'à recenser le fonds d'épicerie et ouvris les couvercles de trois seaux de sirop d'érable. Pas le moindre indice. Tout l'argent de la cabane se trouvait dans le portefeuille.

Je sortis par la porte de derrière et pénétrai dans le hangar. Il n'y faisait pas très clair, malgré la porte ouverte, mais mes yeux s'accoutumèrent bientôt à l'obscurité. D'un côté, étaient empilées des bûches. À droite, un banc sur lequel s'alignaient les pièces d'un moteur hors-bord, un jerrican de vingt-cinq litres et une douzaine de vieux canards d'appât. Et cette pile de bûches ? Pas le temps de les déplacer et de les rempiler. Il faudrait revenir le lendemain. Autre chose ? Je jetai un coup d'œil autour de moi. Le dessous du banc. Je m'accroupis, me glissai dessous et regardai. La lumière était trop faible et je ne discernais que la silhouette des objets. Je pris mon briquet dans ma poche, l'allumai, le tins au-dessus de mes yeux ; j'en eus le souffle coupé.

Le banc était formé d'une planche large de soixante centimètres et longue d'un mètre quatre-vingts ; d'autres planchettes le fixaient au mur. Sur le devant, un casier m'apparut, auquel on ne pouvait accéder que de l'endroit où je me trouvais. Dans ce casier se trouvait une petite boîte qui avait dû contenir des flocons d'avoine. Je la pris et me relevai.

Mes lèvres émirent un sifflement silencieux lorsque j'en sortis le contenu. Des bandes de papier entouraient encore deux liasses de billets de dix et une liasse de billets de vingt dollars tout neufs. Un frisson me parcourut l'échine lorsque je me dirigeai prestement vers la porte pour jeter un coup d'œil sur l'anse. Impossible de le repérer, car la cabane me bloquait la vue, mais, après tout, j'aurais bien entendu le moteur, non ? J'oubliai le bonhomme et me consacrai à l'examen de ces trois liasses de billets. La liasse de vingt et une des liasses de dix portaient la trace révélatrice de rouille, sur le bord. L'autre liasse de dix en était dépourvue. Je souris. Je savais maintenant tout ce que je voulais, sauf l'endroit où le reste du butin était caché, mais je le trouverais bien. Pour commencer, il fallait empêcher cet argent de circuler.

Les billets de dix n'étaient pas dangereux. C'étaient des billets usagés dont les numéros ne se suivaient pas. Il pouvait donc continuer à les dépenser. Je les remis dans la boîte et replaçai celle-ci dans sa cache, sous le banc. Mais les billets de vingt, c'était autre chose. Autant dire qu'il jouait avec une bombe atomique amorcée. Je les fourrai dans ma poche. C'est alors, juste au moment où j'allais me redresser pour sortir, que je l'entendis. Il n'était plus sur le lac, mais dans la cabane.

J'avais perçu un bruit de plaques remuées sur un fourneau. Je maudis ma bêtise. Comment n'avais-je pas songé qu'il pouvait rentrer sans remettre son moteur en marche ? Allais-je pouvoir filer ? C'était risqué, mais encore possible. La porte du hangar se trouvait juste en face de la fenêtre de la cabane, mais je pouvais réussir en faisant attention. Je m'approchai doucement de la porte et jetai un coup d'œil à l'extérieur. J'eus alors la chair de poule. Il sortait de la cabane, tournait le coin et venait vers moi, en direction du hangar.

Aucun moyen de m'échapper. Je me retournai ; je cherchai désespérément un endroit où me cacher tout en sachant qu'il n'y en avait pas, sauf si je me réfugiais, geste ridicule et très probablement inutile, sous le banc. J'y plongeai et me pelotonnai de mon mieux contre le mur. Il entra. J'apercevais ses jambes jusqu'à la hauteur des hanches et l'extrémité du canon de pistolet 38 qui sortait de l'étui accroché à sa cuisse. Il jouait les Wyatt Earp. Je retins mon souffle et priai Dieu que, s'il regardait jamais sous le banc, il ne me prenne pas pour un dangereux hors-la-loi.

Il ramassa du bois et l'entassa au creux d'un de ses bras. J'aurais pu le toucher. Je le regardai, fasciné, puis détournai les yeux et tâchai de ne pas penser. Il aurait pu sentir mon regard ou m'entendre réfléchir.

Il sortit.

À la suite de cette épreuve, je me retrouvai tout pantelant. Je n'avais qu'un désir : m'asseoir et souffler. Mais je me glissai sans bruit hors de ma cachette pour le surveiller. Il avait presque atteint le coin de la baraque. Il y arrivait. Je m'élançai, fis deux pas hors du hangar, virai à droite et me retrouvai du côté du hangar opposé à la cabane. J'atteignis le couvert du mur arrière de la bâtisse et j'entendis les bûches tomber dans la caisse où il les lançait. Je poussai un soupir. J'étais sauvé. Il ne me restait plus qu'à m'enfoncer dans les bois en évitant, grâce au hangar, d'être vu de la fenêtre de la cabane.

Lorsque je regagnai ma barque, le soleil était bas sur l'horizon et le chenal était obscur. Accroupi sur la rive, à l'ombre des arbres, je tirai rapidement les billets de vingt dollars de ma poche et les examinai. Les numéros se suivaient : c'était bien la liasse d'où provenaient les deux billets que m'avait donnés Mme Nunn. En les gardant, c'était comme si je transportais des staphylocoques. Je les comptai. Il y en avait quarante-sept. C'était mieux que je n'avais espéré.

Il n'en avait dépensé que trois. Ramsey en tenait déjà un et n'avait aucune idée de la personne qui l'avait lâché. J'en avais un. J'avais l'avantage. Si Cliffords avait dépensé le troisième en ville, il l'avait fait depuis plus de trois mois, car il n'y était pas retourné depuis. Les Nunn ne l'avaient pas. À moins qu'ils l'aient dépensé ; en ce cas, il y avait de bonnes chances pour que la piste fût refroidie, car autrement le F.B.I. serait déjà venu les interroger au camp.

Il fallait détruire ces billets sans tarder. Je fis sauter la bande et me mis à les froisser pour en faire un petit tas. Soudain, je m'arrêtai. Pourquoi, tant que j'y étais, ne pas jouer un fameux tour au F.B.I., lui donner une fausse piste pour l'égarer et me débarrasser définitivement de ce danger ? Je souris. Je gardai sept billets et les glissai dans mon portefeuille où ils rejoignirent le premier. Les quarante autres, tout froissés, rejoignirent le petit tas. J'allumai mon briquet et y mis le feu. Huit cents dollars s'enflammèrent et ne furent bientôt plus qu'un amas de cendres, que je flanquai prudemment dans le lac ; puis je balançai un seau d'eau par-dessus pour ne prendre aucun risque. Je lançai mon moteur et jetai un coup d'œil à ma montre.

Il était six heures moins le quart. En me pressant un peu, je pourrais atteindre Exeter avant le passage du car à destination de Kansas City et Chicago.

CHAPITRE VII

Nunn et son client n'étaient pas encore rentrés et je n'aperçus pas Mme Nunn en amarrant ma barque à la jetée. Je me rasai, changeai de vêtements et me dirigeai vers le restaurant qui était désert.

— Madame Nunn ! appelai-je.

Elle parut sur le seuil de la porte. Elle prit un air réservé et distant en m'apercevant. J'eus l'impression qu'elle souhaitait mon départ.

— Je voulais simplement vous dire que j'allais dîner en ville. Est-ce que je peux vous rapporter quelque chose ?

— Je vous remercie. Je ne crois pas, dit-elle en hochant la tête. Vous pêchez demain ?

— Oui, répondis-je en m'éloignant.

— Je... dit-elle. (Je me retournai. Elle reprit :) Je suis désolée...

J'avais déjà oublié la scène déplaisante de midi, mais il ne faisait aucun doute qu'elle en avait subi les conséquences. Elle était obligée de vivre avec ce salaud. Je lui souris.

— N'y pensez plus, dis-je. De toute manière, je ne devrais pas traîner ici, je vous empêche de travailler.

Elle ne répliqua pas. Quand je sortis, elle me regardait toujours. Je quittai les lieux et gagnai la nationale 41 que je pris à droite. Exeter se trouvait à une trentaine de kilomètres au sud. C'était la plus grande ville de la région, la capitale du comté, douze mille habitants. J'achetai un clip chez un marchand de couleurs encore ouvert et allai me ranger près de la gare routière. Je repliai les huit billets de vingt dollars, y ajoutai un billet de cinq dollars et deux d'un dollar, les passai dans le clip et les fourrai dans ma poche. Il faisait nuit à présent. Lorsque le car arriva, je traversai la salle d'attente et gagnai le quai. Exeter était une ville-étape. Le chauffeur et la plupart des passagers sortirent du car. J'y montai et allai m'asseoir à l'arrière. Je tirai l'argent de ma poche, le posai par terre et le poussai du pied sous le siège qui se trouvait devant moi. Personne ne me regardait. Je restai quelques minutes sur place, puis je m'aperçus soudain que je n'avais plus de cigarettes. Je me levai, retraversai la salle d'attente et regagnai la fourgonnette. J'étais assis au volant, en train de fumer, dix minutes plus tard, lorsque le car démarra. Il y avait de sérieuses chances pour qu'on ne découvre l'argent qu'au moment où le car passerait aux mains des balayeurs, au terme du voyage, à Kansas City ou à Chicago. Cent soixante-sept dollars, sans identification possible, allaient probablement entrer en circulation dans cette région, sans passer par les objets trouvés. Ça ne ferait de mal à personne et si ça marchait, l'étreinte du F.B.I. sur la région que j'habitais se relâcherait. J'avais besoin d'un répit, et c'était le seul moyen de m'en procurer un.

Cliffords allait s'apercevoir que ses billets de vingt dollars avaient disparu, mais personne n'y pouvait rien. Je savais vaguement comment les flics travaillaient ; ils ne faisaient rien à moitié. À cette minute même, toute la région était sur le pied de guerre : ils attendaient, tranquillement, qu'un seul de ces billets montre le bout du nez, et l'affaire était cuite. Cliffords n'avait plus qu'à trouver une nouvelle cachette pour les billets de dix, mais je n'y voyais pas d'inconvénient. Ce n'était pas eux qui m'intéressaient. S'il se faisait des cheveux et qu'il aille inspecter sa vraie planque, tant mieux. Je n'avais encore dressé aucun plan pour la dénicher, mais si j'arrivais à le lancer sur la piste, ma tâche en serait facilitée d'autant.

Je regagnai le lac. Le vieux carrousel se déclencha de nouveau dans ma tête, mais je me refusai carrément à gamberger. C'était totalement impossible d'expliquer comment Cliffords avait trouvé cet argent, mais il était devenu inutile de résoudre cette énigme. Il l'avait, peu importait le reste !

J'irais en Floride et je me lancerais dans une petite affaire de bateaux que j'agrandirais peu à peu. Les bateaux, ça me connaît ; je les aime et je les comprends. Ce genre d'affaires florissait dans le pays tout entier. Un jour, j'aurais ma flotte personnelle.

*

Il était quatre heures de l'après-midi. Je me tenais en plein bois à sept cents mètres de sa cabane. J'allumai une cigarette d'un geste las. J'étais là depuis sept heures du matin, je cherchais, je marchais, je réfléchissais, j'étudiais le terrain et me persuadais peu à peu que mes craintes n'étaient pas vaines. Mes vêtements étaient trempés de sueur. Je suffoquais de chaleur et le silence des grands bois m'enveloppait. Je m'assis sur un tronc et tirai de ma poche une carte pliée. Sans compter cette rive-ci du premier bras du lac, il y avait la région qui s'étendait de l'autre côté et le dédale inviolé d'îlots et de marais coupés par des chenaux sinueux ; et qu'est-ce que ça donnait ? Pas loin de cent cinquante kilomètres carrés de terres vierges. Cet argent pouvait se trouver n'importe où. Cliffords n'était pas forcé de le dissimuler sous son oreiller. Et comment être sûr qu'il ne l'avait pas immergé dans un récipient étanche, dans le lac ou dans Dieu sait quel goulet isolé, quelle fondrière ou quel banc d'herbes ?

Ma foi, la seule manière de dénicher la cachette, c'était de le surveiller et d'attendre qu'il s'y rende ; il irait bien un jour ou l'autre. Mais alors ? Venir s'installer ici ? Ça pourrait durer des semaines, et même des mois. J'étais marié, je devais en principe m'occuper de mon magasin. Si j'arrivais à venir une fois par semaine sans éveiller de soupçons, j'aurais de la veine.

Il s'agissait donc de continuer à monter la garde. C'était ce que je faisais. Peu après le coucher du soleil, j'abandonnai mon poste et regagnai l'endroit où j'avais caché ma barque. Nunn se trouvait sur la jetée lorsque j'arrivai au camp.

— Eh bien, où sont tous ces poissons ? demanda-t-il.

— Toujours dans la baille, répondis-je en dégageant le moteur.

— Vous n'avez rien attrapé ? Vous devez être un fameux pêcheur !

— J'en ai attrapé quelques-uns, répondis-je. Il fallait les tuer ?

— Je ne sais pas. Je ne suis pas un mordu de ce sport.

— Y a pas de mal à ça, fis-je d'un ton indifférent. Il faut de tout pour faire un monde.

Je rangeai mes affaires dans la fourgonnette et réglai la note pour la cabine et le bateau. Il ne m'invita pas à revenir jouir de son exquise hospitalité. Ça n'avait pas d'importance, car si je revenais, ce serait par la route du bout du lac, et pas en fanfare. Je ne la vis que lorsque je manœuvrai ma voiture pour m'en aller. Elle se tenait derrière l'écran de la porte. Je crus deviner un geste de sa main, comme si elle me disait adieu. J'y répondis et démarrai.

Il faisait déjà nuit lorsque j'atteignis la route. Je

rentrai par le chemin que j'avais pris à l'aller, cap au nord sur la nationale 41. En ralentissant dans le virage en S, j'aperçus de nouveau les croix blanches dans le faisceau de mes phares et je voulus préciser mes souvenirs. À propos du dernier accident. Je connaissais les victimes, ou plutôt c'était Barbara Renfrew qui les connaissait. Oui, c'était ça. C'était un couple ami de son grand-père, des sexagénaires qui habitaient une ferme au nord de Wardlaw. Leur voiture avait quitté la route une nuit qu'ils fonçaient sous une pluie battante ; ils avaient été tués sur le coup, la voiture s'étant écrasée sur un arbre. Barbara était allée à l'enterrement. Mais il y avait autre chose, quelque chose qu'elle avait dit. Je fronçai les sourcils et m'efforçai de me rappeler. Voyons... À propos de l'accident. Elle avait dit qu'elle ne comprenait pas ce qu'ils faisaient sur cette route, car ce n'était pas leur chemin. Ils rentraient de Sanport.

Mais alors ? Quand cet accident avait-il eu lieu ? Je ne m'en souvenais plus, mais c'était l'autre hiver. Peut-être en février. Je poussai un petit sifflement. Février, c'était le mois où Haig avait disparu.

J'arrivai à Wardlaw à huit heures et demie. En remontant l'allée, j'aperçus des lumières au salon et au premier étage : elle était donc à la maison.

Je traversai le salon chargé de mon matériel. Apparemment, nous n'avions pas de visiteurs, et c'était parfait. Les neutres, les réfugiés constituent toujours un danger. Je dus faire deux voyages.

J'étais en bas dans ma tanière, en train d'essuyer la gaule avant de la ranger, quand je l'entendis descendre l'escalier. Elle parut sur le seuil. Pardessus sa chemise de nuit elle avait enfilé une robe de chambre vaporeuse, couleur pêche, et elle ressemblait à la favorite du Sultan au moment où elle se présente à lui. Elle esquissa un sourire.

— Tu as attrapé beaucoup de poissons, Barney ?

— Quelques-uns, répondis-je. Mon Dieu, quel air austère ! Tu ressembles à Jean Calvin.

Elle sourit. Elle avait un sacré sourire, mais elle ne tarda pas à entrer en action.

— J'étais en train de lire au lit, lorsque je t'ai entendu rentrer.

Ça n'était guère probable. Les ondulations savamment ordonnées de sa coiffure platinée n'avaient pas effleuré un oreiller.

— Toujours les livres ! raillai-je. Vous autres, intellectuels, vous êtes tous les mêmes. Comment espérez-vous apprendre à vivre ?

Son visage s'adoucit.

— Je suis désolée pour notre querelle. Tu m'as manqué, Barney.

— Tu m'as manqué aussi, répondis-je en rangeant la gaule.

Il me vint alors l'idée étrange que je ne mentais pas. Elle m'avait vraiment manqué.

Je fis un pas vers elle, elle fit un pas vers moi et mes bras l'étreignirent à me faire mal. Ce grand visage blond, débordant de vie, se trouva sous le mien, se renversa, s'abandonna, plein d'exigences, et je l'embrassai un peu trop brutalement. « Un peu plus de douceur dans les retrouvailles, Godwin, me dis-je. Tu pourrais devenir président de la société. Ne sois pas si impétueux, ça manque d'adresse. »

Je glissai mon bras droit sous ses genoux et la soulevai. Elle était assez lourde, mais du train où j'y allais à ce moment-là, j'aurais pu la monter au sixième et crever le toit comme un ascenseur en folie. Elle entrouvrit légèrement les paupières et me considéra d'un air mutin, entre ses cils.

— Tu crois vraiment ? Ça fait haut.

— Jusqu'à la cuisine, répondis-je. Je pensais aller faire cuire une omelette.

Elle murmura un commentaire peu aimable sous son sourire de Joconde et agita doucement les pieds. Une de ses pantoufles tomba. Un des incidents les plus banals de l'année.

Je traversais le salon lorsque je la sentis se raidir dans mes bras.

— Inutile de jouer les hercules de foire, dit-elle. Je sais bien que tu es plus jeune que moi.

« Bon Dieu ! pas maintenant », me dis-je.

— Mais non, madame, ça ne pèse rien, une plume comme vous.

— N'exagère pas, me dit-elle. Tu me fais peur. Je suis capable de te croire, si tu me racontes qu'il n'y avait pas de filles là-bas.

Je repris la vieille astuce.

— Arrête de m'agacer, petite houri en albâtre. J'en ai plein les bras.

Je l'embrassai, mais c'était foutu. Elle s'était réfugiée dans son trou pour ressasser ses malheurs, quels qu'ils fussent. Ma foi, elle avait bien choisi son moment. Je grimpai au premier, plein de rage, et la posai sur le lit. Elle pouvait aller se faire voir.

— Eh bien ? demanda-t-elle doucement.

— Eh bien, quoi ?

— Où est passé le professionnel ? Et la technique, alors ?

— Je me suis égaré. On aurait dû sortir et sauter par-dessus la palissade.

— Tu y serais plus à l'aise, n'est-ce pas ?

— Madame désire autre chose ?

— Quoi ?

— On est mercredi ; ce soir, la bonne est de sortie.

Elle serra les poings sur ses cuisses et contempla le plafond.

— Va-t'en, fit-elle d'une petite voix tendue. Pour l'amour du Ciel, va-t'en. Va-t'en !

J'obéis. Je me rendis au magasin, l'ouvris et m'attaquai à la correspondance qui s'était accumulée, pour passer ma colère. J'y trouvais généralement quelque répit et une certaine satisfaction, car j'aimais cet endroit. J'en avais fait ce qu'il était. J'y étais entré pour la première fois un après-midi, deux ans plus tôt, pour acheter du matériel pour une partie de pêche ; j'en avais évalué les ressources et ça m'avait intéressé. Elle était survenue à ce moment-là pour dire deux mots au gâteux stupide et léthargique qui gérait l'affaire et elle m'avait intéressé bien davantage. Les veuves riches qui ont du chien sont assez rares ; ce sont de vraies pièces de collection dans cette vallée de larmes ; et c'était un vrai joyau. Je lui racontai des bobards de commis voyageur ; que ne pourrais-je pas tirer de cette boutique si je quittais l'agence où je travaillais à Sanport pour m'en occuper ! Le boulot était à la disposition du premier venu, pourvu qu'il fût un peu doué. Deux mois plus tard, l'affaire était dans le sac et moi dans son lit. Trois mois plus tard, nous étions mariés. Non qu'elle fût particulièrement poire, mais nous nous entendions bien au lit, et c'était le genre à apprécier un gars aux allures tragico-romantiques et qui ne parlait guère de son passé. Le coup était banal, mais facile.

Il était dix heures du soir lorsque j'expédiai la dernière des lettres, terminai mes comptes et calculai mon avoir bancaire. Je refermai la porte du coffre-fort et m'attardai un moment à contempler l'obscurité de la pièce. Mme Jessica Roberts McCarran Godwin, je vous l'offre. Prenez-en grand soin et gardez-le bien dans le vieux et classique reposoir de la résignation fervente et de l'adieu mélancolique. Désormais, ici, je fais semblant, tout en m'occupant de l'avenir de Godwin. À la maison, du calme. Vous en faites pas, chère madame Godwin, vous avez eu votre petite vengeance ; vous y avez mis de l'astuce et de la stratégie, mais, avec des gars comme moi, ça ne marche qu'une fois.

Le drugstore était encore ouvert. Un exemplaire du magazine que Cliffords planquait dans sa malle était en vente au comptoir. Je bus un Coca-Cola en lisant l'article consacré à Haig. Ça se pourrait, me dis-je, ça se pourrait fort bien. C'était un pari à un million contre un, mais c'était probablement la seule chose à quoi les flics n'avaient jamais songé. Je pris la fourgonnette et me rendis au cimetière, au nord de la ville. La nuit était noire et il n'y avait pas d'habitation à moins de sept cents mètres. J'avais tout le cimetière pour moi. Je pris une torche dans la voiture et poussai le portail.

Grayson ? Non. Greggson, c'était ça. Il me fallut dix minutes pour découvrir la double dalle. Je braquai la lumière sur la tombe et sentis un frisson me parcourir l'échine en lisant la date. J'étais tranquille de ce côté-là. Je savais à présent comment Cliffords s'y était pris pour rafler cet argent.

*

Je quittai la maison avant son lever et je pris mon petit déjeuner en ville. Otis garait sa voiture sur le flanc du magasin lorsque j'arrivai.

— Bonne pêche, patron ? demanda-t-il.

— Pas tellement, répondis-je. (J'ouvris la porte et nous entrâmes.) Ces blagueurs ont probablement trouvé leur perche ailleurs. Faut jamais croire les pêcheurs.

— Qui est-ce qui les croit ? demanda-t-il. (Il s'appuya contre la vitrine et alluma une cigarette.) Dites-moi, où êtes-vous descendu, là-bas ?

La réponse s'imposait : chez Dan Cahoon, puisque c'était le seul endroit convenable, mais une sonnette d'alarme retentit dans mon esprit, juste à temps.

— Oh ! répondis-je, un petit truc à l'ouest. Pourquoi ?

— Un type est venu hier, il m'a proposé d'acheter les deux moteurs retapés de soixante chevaux. Il les prenait tous les deux si nous lui faisions une réduction de cinquante dollars. J'ai voulu vous appeler chez Cahoon, mais on m'a répondu qu'on ne vous avait pas vu.

Le tour pris par la conversation me donnait chaud.

— J'ai commencé par là, et puis j'ai décidé d'aller ailleurs. Dans ce commerce, tu sais, plus on connaît de propriétaires de cabanes, mieux ça vaut.

Il fallait être prudent, ne pas donner trop d'explications. Bien s'en garder.

— Est-ce qu'il a dit qu'il reviendrait ? demandai-je.

— Aujourd'hui ou demain, répondit Otis. Et, à propos, ce type du F.B.I., comment s'appelle-t-il... Ramsey ?

— Je crois bien que c'est Ramsey, dis-je d'un air nonchalant. (Je me tournai vers la vitrine et déplaçai une annonce publicitaire sur son tourniquet. Bon Dieu ! Qu'est-ce qu'il avait fabriqué ?) Oui, un nom comme ça. Pourquoi ?

— Oh ! il est revenu. Il vous cherchait.

— Vraiment ? (Ce fut tout ce que je pus dire.)

— Oui. Vous savez, patron, ça doit être une sacrée affaire !

— Tu dis qu'il voulait me voir ?

— Oui. Il se demandait si vous vous rappeliez qui vous avait donné ce billet neuf.

— Non, répondis-je en reprenant mon souffle. Impossible de m'en souvenir.

Il s'accouda sur le comptoir et contempla la cigarette qu'il tenait à la main :

— Vous savez, je me disais comme ça, à propos de ce billet de vingt... Vous vous souvenez de ces deux moteurs que nous avons réparés pour Nunn ?

Je sentis mon sang se figer.

— Eh bien ? demandai-je.

— C'est probablement pas ça, dit-il en haussant les épaules. Mais il a dû venir les prendre samedi, parce que je me suis aperçu lundi qu'ils n'étaient plus là. La note devait dépasser vingt dollars et le gars a mauvaise réputation, l'escroquerie ne lui fait pas peur. Ça n'est qu'une idée...

Et dire que Ramsey était venu l'interroger ! J'allumai une cigarette. Je me sentais mal.

— ... Je n'y ai pensé qu'après le départ du type du F.B.I., poursuivit-il, mais vous pourriez lui en parler quand il reviendra. Je crois qu'il y a deux flics qui traînent encore par ici. On m'a dit qu'ils passaient un peu partout en ville.

Je considérai pensivement ma cigarette :

— Non, lui dis-je. C'est elle qui est venue chercher les moteurs. Sa femme, je veux dire, elle est passée très tôt, lundi matin, avant ton arrivée. Il me semble bien qu'elle m'a fait un chèque.

Est-ce que c'était trop risqué ? Oui, si ça revenait aux oreilles de Ramsey, mais pas si je pouvais doucher Otis immédiatement.

— Oui, c'est bien ça, poursuivis-je. Ça me revient. Elle a signé de son propre nom. Avec son prénom, je veux dire. Janice ? Jeannette ? Non, Jewell. C'est ça.

— Bah, fit-il en haussant les épaules. Ma foi, ça n'était qu'une supposition. J'imagine que c'est l'heure d'entrer dans la mine de sel. Vous avez votre fouet et vos boulets ?

« Est-ce que tu ne vas pas me foutre la paix et aller bosser, espèce de cadavre ambulant ? »

— Courage, camarade, la libération ne tardera pas, répondis-je.

La matinée passa comme un songe. Je servis les clients machinalement, avec des gestes de robot, tandis que mes pensées tournaient à toute vitesse. Les flics du F.B.I. piquaient sur cette ville comme des bombardiers. Un vrai miracle, d'avoir pu stopper ces billets de vingt dollars à temps. Mais peut-être ne les avais-je pas arrêtés, qu'il y en avait encore un qui se baladait dans les environs. Un seul suffisait.

Comment trouver ce magot, qui pouvait tenir dans une petite valise, et dans un espace vierge de cent cinquante kilomètres carrés ? Impossible. Mais non, pour une fortune de cent soixante mille dollars, rien n'était impossible. Non, pas tant, me dis-je. Il devait y en avoir une bonne partie en obligations qu'il faudrait détruire. Et d'autres billets de vingt dollars, trop dangereux à écouler. Il resterait beaucoup plus de cent mille dollars. Mais où ? Vous parlez... Cent cinquante kilomètres carrés. Trente-deux mille arpents de broussailles, de bois et de marais.

Otis partit déjeuner. À son retour, je quittai le magasin. Le téléphone sonna avant que j'atteigne la voiture. Je revins. Otis avait décroché et me tendit l'appareil quand j'arrivai à la porte.

— C'est pour vous, patron.

— Merci, dis-je, tandis qu'il rentrait dans l'atelier.

— Monsieur Godwin ?

C'était une voix de femme. Jewell Nunn.

Je me demandai si elle avait dit son nom à Otis.

CHAPITRE VIII

— Bonjour, dis-je. Comment allez-vous ?

— Ça m'ennuie de vous déranger, dit-elle d'un ton hésitant, mais en partant, hier, vous avez oublié une de vos chemises...

— Merci de m'avoir appelé. Mettez-la de côté, je la prendrai la prochaine fois...

— C'est que je l'ai avec moi.

— Où êtes-vous ?

— À Hampstead, au drugstore. Je suis venue y faire des courses ; j'ai pensé qu'étant si près de Wardlaw, je pourrais vous rapporter votre chemise. Je peux la laisser ici ou, si vous avez un instant, venez me retrouver, je vous la rendrai.

Elle avait l'air un peu embarrassée, comme si elle s'était embarquée dans une explication sans queue ni tête et ne trouvait aucun moyen de s'en sortir.

Hampstead se trouvait à une vingtaine de kilomètres au sud, à l'endroit où on sort de la nationale pour gagner le lac Javier. C'était idiot de faire l'aller-retour simplement pour récupérer une vieille chemise kaki, mais je ne voyais pas comment m'en tirer élégamment. Puis je me dis que j'en apprendrais peut-être un peu plus sur Cliffords en bavardant avec elle. J'avais besoin de tous les renseignements possibles.

— Bien sûr, j'arrive, fis-je. Vous êtes très gentille d'avoir pris toute cette peine.

Je demandai à Otis de me remplacer et je gagnai la nationale. Moins de vingt minutes plus tard, j'étais à Hampstead. Le patelin comptait dans les mille habitants spécialisés dans la culture des tomates. J'aperçus sa fourgonnette garée à gauche, devant l'épicerie, juste en face du drugstore. Je me rangeai un peu plus loin que le drugstore ; comme je sortais de la voiture, j'aperçus mon homme.

Il portait un élégant panama et un complet gris ; il tenait une serviette sous le bras. On aurait pu le prendre pour un voyageur de commerce, bien entendu, mais, même à cinquante mètres, on se rendait compte, à son allure jeune, alerte, impeccable, qu'il s'agissait d'un agent du F.B.I. Ils devaient être en train de ratisser toute la région. Je souhaitai que la liasse que j'avais laissé choir dans le car parvienne bientôt aux banques de Kansas City et de Chicago. Ça me rendait nerveux.

J'ouvris la porte-écran du drugstore et entrai. Jewell se trouvait dans un des boxes et surveillait la porte. Son regard s'éclaira et elle m'adressa un sourire un peu embarrassé.

Je me dirigeai vers elle.

— Vous avez l'air en pleine forme, fis-je en lui souriant.

Elle portait une robe d'été légère, à manches très courtes, avec une petite collerette de dentelle blanche.

— La chemise est dans le sac en papier, dit-elle d'un air gêné.

Le sac se trouvait sur la table, devant elle, à côté de deux autres petits paquets et d'un verre de limonade à moitié vide.

— Ça vous ennuie si je m'assois ? lui demandai-je. Après tout, je vous dois des remerciements.

— Bien sûr, dit-elle. Je vous en prie, asseyez-vous. Mais il faut que je me sauve.

Elle était aussi transparente que du verre, une brave fille, au fond, du genre à tremper un doigt de pied dans l'eau et à le retirer, tout effrayée.

C'était intéressant, mais j'avais d'autres préoccupations. En tout cas, si j'avais envie de me farcir la femme d'un gars, ce ne serait certainement pas celle de Nunn. Ce sacré imbécile était bel et bien capable de me faire sauter le caisson.

Nous échangeâmes les propos d'usage pendant quelques minutes, puis elle rassembla ses paquets en répétant qu'elle devait partir. Je la remerciai encore de m'avoir apporté la chemise.

— Je vais vous accompagner à votre voiture, lui dis-je en me chargeant d'une partie de ses emplettes.

— Merci, dit-elle, mais j'ai encore un achat à faire, si vous n'y voyez pas d'inconvénient.

Je la suivis tandis qu'elle se dirigeait vers un rayon. Elle trouva bientôt ce qu'elle cherchait, une bouteille de sels de bains. Au moment où nous nous retournions vers la caissière, j'aperçus l'homme en gris sur le seuil du magasin.

Il entra et nous rejoignit devant la caisse, tandis que l'employée se faisait payer par un autre client, à notre gauche. Je me tenais entre le flic et Jewell Nunn, légèrement en retrait. Il posa sa serviette. Elle mit sa boîte de sels de bains sur le comptoir et ouvrit son sac.

À ce moment-là, le patron sortit de son bureau et demanda :

— Et pour vous, monsieur ?

Le gars tira de sa poche le petit portefeuille noir que j'attendais, l'ouvrit d'un coup de pouce et dit :

— F.B.I...

Ça se déroula ensuite comme un horrible cauchemar qu'on ne peut interrompre. Je vis le billet avant qu'elle le pose sur le comptoir ; je l'identifiai immédiatement, mais qu'y faire ? J'étais paralysé. Le billet se trouvait sur le comptoir, à moins de cinquante centimètres de la serviette de l'agent du F.B.I.

— Je voudrais parler au propriétaire... répondit celui-ci.

Il ne l'avait pas vu. Il regardait le patron. L'employée allait se tourner vers nous. Je fauchai le billet *in extremis*.

— Voyons, voyons, fis-je d'un ton réprobateur

en prenant le billet. Gardez votre argent. C'est bien le moins que je puisse faire...

J'attrapai son sac, fourrai le billet dedans et le refermai. Le type du F.B.I. continuait à parler. Il ne s'était même pas retourné. Je me sentais prêt à tomber dans les pommes.

— Mais, monsieur Godwin, je ne puis... commença-t-elle.

— Pas d'histoires, dis-je en souriant. J'étais précisément en train de me demander comment vous remercier.

Je posai un billet de cinq dollars sur le comptoir. Mais que faire ? Je n'avais rien réglé. Elle était toujours en possession de son billet.

— Mais rien ne vous obligeait... dit-elle d'un air hésitant.

— Chut ! dis-je en souriant. Ça me fait plaisir. Attendez-moi dehors et ne m'importunez plus.

— Mais pourquoi ?

— Vous verrez bien.

J'agis superbement, la pris par le coude et la poussai vers la porte. Elle sortit ; elle attendait visiblement la suite des événements avec un peu d'appréhension.

L'employée avait emballé la boîte de sels de bains et me rendait la monnaie. Le type du F.B.I. et le patron s'étaient retirés dans l'arrière-boutique. Je jetai un coup d'œil à droite et à gauche ; il me fallait quelque chose, quelque chose de pas trop volumineux. J'aperçus soudain ce que je voulais dans la vitrine. Ce serait parfait.

— Pourriez-vous me donner un de ces petits flacons d'« Escapade » ? demandai-je à l'employée. C'est pour un cadeau.

Je le glissai dans ma poche et sortis ; je transbahutais la boîte de sels de bains et le sac en papier qui contenait ma chemise. Elle fourrait ses paquets dans sa voiture, de l'autre côté de la rue. Je la rejoignis, posai la boîte de sels de bains sur le siège et lui ouvris la portière. Elle monta et voulut parler.

Je secouai la tète et contemplai mes mains sur la portière.

— Écoutez-moi, fis-je tranquillement. En rentrant, à trois kilomètres d'ici, vous verrez un petit chemin qui s'enfonce à droite entre les arbres...

— Non, dit-elle. Je... Je ne pourrais pas...

Je levai les yeux sur elle.

— Je vous en prie, fis-je d'un air sincère. Je veux seulement vous parler. Rien qu'une fois. Je ne vous le redemanderai plus jamais. (Elle hésitait.) Ne dites rien. Réfléchissez. Je crois que vous comprendrez qu'il n'y a pas de mal à ça. Je voulais seulement vous parler quelques instants. Si vous y êtes, ce sera merveilleux. Sinon... ma foi...

Je fis un geste pour exprimer ma résignation et revins à ma voiture. Elle démarra.

J'allumai une cigarette et attendis près de cinq minutes. Je pris mon portefeuille pour m'assurer que je possédais un billet de vingt dollars. J'en avais trois. Je choisis le plus neuf et le glissai dans la poche de mon pantalon où il rejoignit la bouteille de parfum.

Je sortis de la ville et pris, à la droite, la route qui menait au lac Javier. « Pourvu qu'elle soit au rendez-vous ; si elle ne vient pas, je vais me trouver dans une sacrée panade, il faudra inventer autre chose, et très vite. » La prochaine fois qu'elle sortirait ce billet de vingt dollars de son sac, n'importe où dans un rayon de cent cinquante kilomètres, le F.B.I. allait lui tomber dessus comme une avalanche. D'où venait donc ce billet ? C'était le dernier, bien entendu, mais j'avais vérifié trois fois le contenu de la boîte à cigares. Il était probablement resté tout ce temps-là dans son sac. Cette idée ne m'était pas venue.

J'atteignis le chemin et m'y engageai. En guise de piste, deux ornières sableuses qui traversaient une épaisse forêt de pins. Apparemment, aucun véhicule n'y était passé dernièrement. Après un virage, j'entrai dans une petite clairière à l'ombre de deux grands arbres, au bord d'un ruisseau ; son auto n'était pas là ; je compris que j'avais perdu. Elle n'aurait certainement pas poussé plus loin. Pour m'en assurer, je sortis de la voiture et examinai les ornières. Ça faisait des jours que personne n'était passé par ici. Je pestai contre la perversité des femmes. Qu'est-ce qu'elle avait dans la tête ? Est-ce qu'elle me prenait pour un éventreur ?

Que faire ? Il fallait trouver une solution, et en quatrième vitesse. Je me retournai. Une voiture arrivait derrière moi. Je poussai un soupir. Mon Dieu, pourquoi toujours s'attendre au pire !

Elle s'arrêta. Je me dirigeai vers sa voiture.

— J'ai fait demi-tour, dit-elle. Je n'aurais pas dû, mais pour une fois...

J'ouvris la portière et me glissai au volant. Elle se poussa pour me céder sa place. C'était bien tranquille, ce bois. Je posai mon coude sur le dossier du siège et me retournai légèrement pour la contempler. Elle regardait fixement le pare-brise. Je caressai du bout des doigts son menton et tournai lentement et doucement son visage vers moi. Je restai une minute sans rien dire, je me contentai de regarder ses yeux, puis son visage, avant de revenir à ses yeux. Elle allait parler. Je pris les devants :

— Je sais, dis-je tranquillement.

— Nous n'avons pas le droit.

— C'est bien ce que je veux dire, fis-je. Nous sommes tous les deux mariés et nous n'avons pas le droit. Mais je voulais simplement vous dire — cette fois et probablement jamais plus — que vous êtes adorable et que de plus vous êtes très, très gentille.

— Vraiment ?

— Qu'est-ce que vous croyez ? fis-je en esquissant un sourire. C'est curieux, mais il y a à peine une heure, quand le téléphone a sonné, je pensais à vous. Vous ne vous rendez pas compte de l'effet que ça m'a fait de prendre l'appareil et d'entendre votre voix.

— J'imagine que je ne devrais pas vous le dire, mais j'espérais vous revoir. C'est affreux, n'est-ce pas ?

— Non.

— Mais si. Et nous ne pouvons pas recommencer.

— Jamais ?

— Non. Vous le savez bien, Barney.

— C'est bon, fis-je comme à regret. Mais j'aimerais vous offrir quelque chose...

— Vous ne devriez pas.

— Chut ! Ce n'est rien, ou presque. Je vais le mettre dans votre sac et vous pourrez imaginer que vous l'y avez trouvé, si vous voulez. Mais vous vous souviendrez peut-être de moi quand vous vous en servirez.

Le sac se trouvait sur le siège à sa droite. Je tendis le bras.

— Fermez les yeux, dis-je.

Elle obéit. J'ouvris le sac. Le billet de vingt dollars était toujours là, à côté de la bourse. Je le raflai et lui substituai celui que j'avais dans la poche. Je lâchai la petite boîte qui contenait le flacon de parfum, refermai le sac et le remis sur ses genoux.

— Ça y est ? demanda-t-elle.

— Presque, dis-je. (Je pris son visage entre mes mains et la baisai doucement aux lèvres.) Ça y est.

Elle posa ses mains sur les miennes et les pressa.

— Vous n'auriez pas dû faire ça, murmura-t-elle en ouvrant les yeux.

— Je sais, dis-je. Mais c'était plus fort que moi. Je n'ai pas pu m'en empêcher. Vous êtes si belle et vous aviez l'air si innocente, on aurait dit une enfant endormie...

« Oh ! ça suffit comme ça, espèce de fumier ! Tu as ton billet de vingt dollars. Qu'est-ce que tu veux de plus ? Pourquoi tout ce cirque ? »

— Il faut que je parte, Barney. On ne doit pas...

— Je vous en prie, encore une minute.

— Non, sérieusement. Au revoir, Barney.

— Je ne vous reverrai plus ?

— Ne me demandez rien, dit-elle. Je ne crois pas que je puisse vous faire confiance.

— Vous auriez voulu ? demandai-je.

Elle ne répondit pas. Elle fit demi-tour et partit sans se retourner. Lorsque le bruit du moteur s'éloigna, je sortis le billet de vingt dollars de ma poche. C'était l'exacte réplique des deux autres, avec la tache sur le bord ; dire qu'elle l'avait posé sur le comptoir, presque sous la main du type du F.B.I. ! Je frissonnai.

J'allumai mon briquet, approchai la flamme d'un des coins du billet et le regardai brûler. J'écrasai les cendres, les enfonçai dans l'ornière, étalai du sable dessus et rentrai en ville.

*

Quand j'arrivai au magasin, Ramsey s'y trouvait. Il se montra calme et courtois, comme à son habitude. Les exigences du métier expliquaient sa venue, mais il me fit peur. Je commençais à le redouter.

Je me répétais inutilement que je n'avais commis aucun délit, si ce n'est que j'avais caché des renseignements à la police, qui n'en avait aucune preuve, puisque personne ne savait que je possédais ces renseignements. Il me faisait peur tout de même.

Quelques minutes plus tard, il se leva, me serra gravement la main et me dit :

— Nous apprécions votre collaboration, monsieur Godwin.

Ça m'intrigua. L'un de nous deux était une poire. Or, des phénomènes de ce genre, on n'en trouve guère au F.B.I., tout le monde sait ça !

CHAPITRE IX

Je passai un samedi impossible à ronger mon frein et ne retournai au lac que le lendemain. Il fallait faire très attention, désormais. Toute attitude insolite risquait de m'être fatale. Jessica me regarda charger mon attirail de pêche dans la voiture dans la soirée du samedi et nous eûmes notre premier entretien depuis soixante-douze heures.

— Tu retournes déjà pêcher ? demanda-t-elle.

— Oh ! C'est pas que je pêche. Je tresse des guirlandes dans ma chevelure et je poursuis les nymphes des bois. C'est bon pour la ligne. Quand on en attrape une, ajoutai-je tandis qu'elle s'éloignait, c'est encore plus bath qu'une douche glacée.

La prochaine fois, elle épouserait peut-être un gars qu'elle pourrait mettre en boîte sans danger.

Je passai une nouvelle nuit sur ma couche monastique, dans ma tanière, et je partis avant l'aube ; j'avalai mon petit déjeuner, une bonne dose de café et un sandwich, dans un bistrot ouvert la nuit, en pleine campagne. Le soleil n'était pas encore levé lorsque je quittai la nationale 41 pour m'engager sur la piste d'accès au lac ; je me frayai un chemin dans l'obscurité silencieuse et impressionnante des bois. J'avançai doucement, car la piste était à peine digne de ce nom et, au cours de ces trois kilomètres, la futilité de mon entreprise m'apparut d'une manière péremptoire. C'était une farce. Même si je vivais jusqu'à l'âge de deux cents ans, je ne réussirais jamais à repérer ce magot en m'y prenant ainsi. Impossible d'embrasser l'immensité de ce désert tant qu'on n'était pas sur place. Penser que je m'efforçais de dénicher un paquet de la taille d'une valise, et pas un paquet perdu, mais bel et bien caché. C'était sans espoir. Il fallait que le vieux m'y conduise lui-même.

Je pris par les bois, parallèlement à la rive ; je n'étais pas encore à destination que j'entendis un moteur de hors-bord crachoter et démarrer. « Ça doit être le sien », me dis-je. Lorsque j'arrivai sur la rive où je pus apercevoir le bras d'eau qui s'étendait devant sa cabane, une barque conduite par un homme disparaissait dans la courbe du chenal. Je m'avançai et jetai un coup d'œil sur l'anse. Son bateau n'était plus là. J'observai la clairière un instant pour m'assurer que j'étais bien seul.

Je gagnai tout d'abord le hangar. Les deux liasses de billets de dix dollars se trouvaient toujours dans la boîte ; apparemment, il ne s'était même pas aperçu de la disparition des coupures de vingt dollars. Je remis les billets de dix dollars à leur place et entrai dans la cabane ; mon regard erra çà et là ; l'inutilité de l'opération m'agaça. Le magot n'était pas là, je le savais bien. Mais alors, qu'est-ce que j'espérais ? Une idée, peut-être. Il s'agissait de dresser un plan.

J'avais l'esprit vide. Rien n'avait bougé depuis ma première visite, c'était la même saleté, le même désordre. Il y avait un peu plus de vaisselle sale ; dans la plupart des assiettes on apercevait des traînées de sirop d'érable. Je me souvins des trois seaux de cinq litres que j'avais déjà examinés ; j'en conclus qu'il devait assaisonner tous ses plats au sirop d'érable.

Je sortis, fis le tour de la cabane et m'accroupis pour regarder sous le plancher. Il était posé sur pilotis, à soixante centimètres du sol, et cet espace sous-jacent était vide. Le sol ne semblait pas avoir été retourné. Je perdais mon temps. Pourquoi est-ce que je m'obstinais à chercher ici ? Le magot pouvait être n'importe où dans cet espace de cent cinquante kilomètres carrés. Voilà sans doute pourquoi je m'obstinais. Chercher ailleurs, c'était tellement désespéré que je n'avais aucune envie de m'y risquer.

J'aperçus un objet à une cinquantaine de mètres derrière la cabane, à la lisière de la forêt, et je m'approchai. C'était un dépôt d'ordures, un tas de boîtes de conserves vides, de bonbonnes brisées, de vieux magazines et de cendres. Je pris un bâton et me mis à fouiller dans ces ordures. Je vis le sol apparaître. S'il avait voulu y enterrer quelque chose, c'était un bon camouflage. Mais il n'y avait aucune trace de coups de bêche. J'enfonçai mon bâton dans le sol, mais la terre était ferme. Je poussai un soupir de lassitude et remis les boîtes et les bouteilles dans la position où je les avais trouvées. Soudain, je m'arrêtai. Je venais de faire une découverte.

Je me penchai et ramassai ma trouvaille. C'était un bout de métal noirci tout petit, en forme de coupelle. Je l'identifiai immédiatement. C'était le coin d'une valise bon marché, en cuir ou en fibre. Je le grattai un peu à l'aide du bâton. Au bout de quelques minutes, j'exhumai deux fermoirs, la serrure et l'un des anneaux auxquels s'adaptait la poignée. C'étaient les dernières preuves, si j'en avais encore besoin. Probablement tout ce qui restait de la fameuse valise de Haig.

Je haussai les épaules et repoussai les morceaux de métal noirci dans les ordures. Je n'aboutissais à rien. Il avait évidemment brûlé la valise, mais qu'est-ce qu'il avait fait de l'argent ? Je regagnai le bois et me mis à le parcourir, les yeux rivés au sol.

Vers dix heures, j'entendis le moteur de son bateau. Il rentrait de la pêche. Sans bien savoir pourquoi, je regagnai la clairière, poussé peut-être par la simple curiosité. Cet homme était la clé de l'énigme et je ne savais presque rien de lui. Je l'avais aperçu quatre ou cinq fois à distance et j'avais passé une longue et pénible minute à bigler frénétiquement ses jambes de pantalon. Je fis avec précaution le tour de la clairière ; je cherchais un endroit où pouvoir apercevoir la porte de sa cabane. Bien abrité par les broussailles, je m'accroupis pour l'observer. De la fumée montait du tuyau de poêle ; quelques instants plus tard, il sortit et s'assit sur le seuil, une tasse de café à la main. Je ne distinguais pas très bien son visage, car il se trouvait presque aussi loin que lorsqu'il était passé dans son bateau, mais il me fit l'impression d'un petit bonhomme replet et inoffensif, un peu ridicule avec son baudrier qui lui barrait la poitrine. Il reposa sa tasse de café au bout de quelques instants et s'avança dans la cour. Il avait adopté une démarche qui devait, dans son esprit, symboliser le héros de western. Sa main empoigna l'étui et remonta, armée du 38. C'était le shérif au regard froid et implacable, qui surgit au crépuscule, dans une rue, devant l'homme qu'il traquait : il était plus rapide que son adversaire. « Et voilà ton compte, vermine ! » lança-t-il plusieurs fois. Il répétait la scène palpitante avec le Colt qui avait fait de lui la terreur des bandits. « Pauvre vieux dingue ! » pensai-je.

Il rentra dans sa cabane et en ressortit, un magazine à la main. Il s'assit sur le seuil, les pieds sur une marche, et se mit à lire. Il y faisait probablement plus frais qu'à l'intérieur. Il tenait le magazine tout près de son nez, à trente centimètres ; il portait une paire de lunettes que j'avais aperçue en fouillant dans ses affaires. Sa vue était certainement beaucoup plus basse qu'il ne convenait à un shérif aux yeux de lynx. À la façon dont il tenait son magazine, il était sans doute incapable de lire sans lunettes.

« Tiens, tiens ! » me dis-je en réfléchissant. Une idée me venait.

Attention. Pas de blagues, me dis-je. Tâche de te souvenir. Il n'avait pas de lunettes les deux fois où je l'avais aperçu dans sa barque ; l'instant d'auparavant non plus, quand il avait joué sa petite scène. Pour ce qui est de la séance de cinéma, j'en étais sûr. Pour les séances de pêche, un peu moins. Il pouvait donc s'en passer quand il le voulait. Ses lunettes lui servaient probablement uniquement pour lire, mais aurait-il pu lire sans leur secours ? Je poursuivis mon examen. J'observai la manière dont il lisait, le nez sur le magazine, et je me rappelai l'épaisseur des verres. Il n'y avait pas de doute. Je me frottai les mains : mon plan s'ébauchait. Il allait me mener tout droit à la cachette et il n'en soufflerait mot à personne.

Quand il en eut assez de lire, il rentra chez lui ; je reculai et m'enfonçai dans les bois. Je revins à la fourgonnette, avalai un sandwich et un peu de café et me mis à fumer en réfléchissant. Il fallait d'abord pénétrer une seconde fois dans sa cabane. Le jour même, si possible, de manière à m'éviter un autre voyage. Je brûlais d'impatience. Peut-être que la chance ne m'abandonnerait pas et qu'il irait pêcher cet après-midi-là. Je regagnai mon poste d'observation et attendis. Les heures passaient. Enfin, peu après cinq heures, j'entendis son moteur démarrer et il sortit de l'anse. Il remonta vers le méandre, au fond d'un bras d'eau ; peut-être avait-il déniché un coin où ça mordait, le matin. Je me faufilai dans les broussailles et, lorsque j'atteignis la clairière, j'entendis le bruit de son moteur s'éloigner.

Je pénétrai dans la cabane ; je commençais à m'y sentir comme chez moi. Ses lunettes se trouvaient sur la commode, comme à l'accoutumée. Je me dirigeai rapidement vers la malle, ôtai la pile de magazines qui y traînaient et l'ouvris. Les autres lunettes étaient toujours dans leur étui, dans le compartiment ; je les sortis et les comparai aux autres. Apparemment, elles étaient tout à fait semblables ; celles de la malle n'étaient qu'une paire de lunettes de secours, prévues pour le cas où il casserait les autres. Elles avaient toutes deux les mêmes verres épais, qui grossissaient énormément. Sans elles, il ne devait percevoir, sur la page imprimée, qu'une suite de caractères brouillés, grisâtres et chaotiques. Tant mieux. Je remis les lunettes de secours dans leur étui, les glissai dans ma poche et refermai la malle. Je laissai l'autre paire sur la commode et sortis.

En regagnant ma voiture, je flanquai étui et lunettes dans le lac. Ils coulèrent à pic. Je rentrai en ville.

Jessica n'était pas à la maison. Elle avait dû aller au cinéma. Ça m'était bien égal. J'en avais fini avec elle. Rideau ! Une fois que j'aurais mis la main sur le somptueux testament de M. Haig... Non, me dis-je. Pas si vite. Pas avant que l'affaire ne se soit tassée et que le F.B.I. n'ait débarrassé le plancher. Il faudrait peut-être rester dans le coin six mois de plus, pour être sûr de mon coup.

Je pris une douche, me rasai, changeai de vêtements et me mis à fouiller dans une malle qui contenait mes affaires pour y récupérer ce dont j'avais besoin. Je retrouvai une vieille photographie de passeport qui pouvait faire l'affaire et un petit portefeuille noir que je prenais quand je revêtais mon smoking. Quoi d'autre ? Ah ! oui ! un morceau de plastique transparent. Je n'en trouvai pas. La carte en plastique de mon permis de conduire était trop petite. Mais il devait bien y avoir quelque chose au magasin.

Je pris la voiture. Il faisait nuit. J'entrai dans le magasin, refermai la porte, gagnai le bureau et allumai la lampe de travail. Je tirai le store de la fenêtre. Voyons... ce morceau de plastique. Je trouvai la solution presque immédiatement. Je gagnai le magasin, sortis une boîte de mouches de la vitrine, une boîte pour petites mouches sans compartiments. À l'aide de mon couteau, j'en découpai le fond. J'en arrondis un peu les angles et j'obtins ainsi une plaque transparente d'environ dix centimètres sur douze. Je l'examinai. Elle était peut-être un peu trop claire. J'allai la frotter à l'atelier sur une meule pour la rayer un peu. Juste ce qu'il fallait. Je revins au bureau et m'attaquai au portefeuille ; dans la poche intérieure, je découpai un rectangle un tout petit peu plus petit que mon morceau de plastique, puis je glissai celui-ci dessous et l'ajustai avec de la colle. Je plaçai le tout sous un dictionnaire pour le fixer pendant que je préparais la carte.

À quoi ressemblait-elle exactement ? Je ne m'en souvenais pas très bien, mais je songeai que la solution était simple. Ça n'avait aucune importance, du moment qu'il y avait une photo et une vague signature. Je pris une fiche d'inventaire, la glissai dans la machine à écrire et rédigeai une petite carte attestant que M. X... était membre de la Société des Filles de la Révolution américaine et avait, de ce fait, le droit de procéder à des quêtes dans la rue après avoir été examiné par un médecin assermenté. Puis je baptisai l'individu en question Georg U. Ward, signai de son nom en bas à gauche et apposai un paraphe indéchiffrable en bas à droite. Je collai la photographie sur la carte. « C'est assez impressionnant », me dis-je en examinant mon œuvre d'un œil critique. Je n'avais pas de tampon, mais aucune importance. Je découpai la carte, la glissai sous le morceau de plastique dans le portefeuille et l'ajustai. Je me demandai quelle sanction on risquait quand on se faisait passer pour un agent fédéral à l'aide d'une carte de ce genre. Mais peu importait, personne n'en saurait jamais rien.

Le mandat d'arrêt était plus facile à établir. J'avais ici un formulaire des assurances hypothécaires sur le bureau, je le remplis au nom de Cliffords et le signai du nom de William Butler Yeats, assorti d'un nouveau paraphe indéchiffrable. Je ramassai les débris de cuir et de plastique qui résultaient de ces opérations et allai les flanquer à la poubelle, derrière le magasin. Je glissai le mandat d'arrêt et les documents que j'avais bricolés dans une enveloppe que je refermai ; je la mis dans ma poche et regagnai la maison. Jessica n'était toujours pas rentrée. Tant mieux. Je ne tenais pas à ce qu'elle me voie et qu'elle se pose des questions.

Je grimpai à l'étage, sortis une valise d'un placard du corridor et entrai dans la chambre à coucher. Je compris alors pourquoi elle n'était pas de retour. Un mot était épinglé sur l'oreiller, du côté où je couchais avant d'emménager dans ma tanière. « C'est gentil », me dis-je.

Si jamais ça t'intéresse, disait la note, *je suis allée à Sanport passer une semaine sur la plage. N'oublie pas de sortir la chatte. Ou les chattes.*

Parfait, ma foi. À part Otis au magasin, personne n'allait remarquer mes déplacements, d'ici la fin de l'opération. Je pouvais fort bien m'arranger avec Otis. Je posai la valise de cuir ouverte sur le lit et regagnai le placard. Je pris un complet d'été très sobre, le pliai et le rangeai, avec son portemanteau, dans la valise.

Peut-être qu'elle avait des amis, à Sanport. Une ancienne condisciple qui avait épousé un certain Kleinfelter, courtier en coton. Elle devait lézarder sur la plage et évoquer le passé. On voit le genre. Qu'est-ce que j'en avais à foutre ?

Voyons, une chemise blanche, des boutons de manchette, une cravate bleue. J'avais assez de place pour un chapeau de paille souple qui ne s'abîmerait pas.

Je fourrai les vêtements et l'enveloppe dans la valise que je mis dans le coffre de la fourgonnette ; je la recouvris d'une ou deux vieilles couvertures et d'une ceinture de sauvetage en kapok, pour la dissimuler.

Je me sentais un peu seul dans la maison et je mis longtemps à m'endormir. « C'est la fatigue du combat, me dis-je. Il y a trop longtemps que je suis en première ligne. »

*

De bonne heure, le lendemain matin, j'enfilai un pantalon de dacron, une chemise de sport en coton d'Égypte et quittai la maison nu-tête. Je pris mon petit déjeuner en ville et gagnai le magasin.

— Je crois que je ne serai pas ici cet après-midi, dis-je à Otis quand il se pointa. J'ai un ou deux bons clients à voir à Exeter ; je pourrai peut-être leur vendre des trucs et je voudrais aller trouver l'agent de publicité de la station de radio pour discuter de ces réclames qu'il essaie de nous coller.

— Parfait, dit-il. Tâchez donc de lui refiler aussi un slogan en musique !

Il gagna l'atelier.

Les affaires n'allaient pas fort. La matinée n'en finissait plus. J'étais impatient et énervé, je voulais me mettre au boulot. Vers onze heures, le téléphone sonna. J'étais au bureau, Otis dans le magasin ; ce fut lui qui répondit.

— C'est pour vous, patron, dit-il.

Quand j'arrivai, il me lança un regard intrigué en me tendant l'appareil, mais sans mot dire. Il s'éloigna, un peu fâché, me sembla-t-il.

C'était Jewell Nunn. Si elle continuait à m'appeler au magasin, il fallait que je surveille le téléphone de plus près.

— Comment allez-vous ? demandai-je. Je pensais justement à vous.

« Pourquoi ? me demandai-je. Pourquoi diable tout ce baratin ? »

— Je voulais vous remercier pour le flacon de parfum, dit-elle d'une voix douce.

— Où êtes-vous ? demandai-je, sachant très bien où elle se trouvait.

— À Hampstead, au drugstore. Je suis venue faire des courses.

Je songeai tout d'abord à retirer mes billes, puis je me ravisai :

— Écoutez. Est-ce que je peux venir vous retrouver ?

— Non. Vaut mieux pas.

— Ça ne prendrait qu'une minute.

— Ma foi... Qu'est-ce que vous... Non. Non, impossible.

— Mais j'ai très envie de vous voir, l'interrompis-je. (Puis j'ajoutai :) Attendez donc. Combien de temps restez-vous à Hampstead ?

— Pas longtemps. Il faut que j'aille à Exeter.

— Ah ? fis-je d'un air déçu. Je dois aller voir un client à midi. Un type sur qui j'essaie de mettre la main depuis un mois. Mais peut-être que...

— Non. Je voulais simplement vous remercier.

— De rien. Vous méritez beaucoup mieux.

— Au revoir, fit-elle en raccrochant.

Otis alla déjeuner assez tôt ; pendant son absence je plaçai un jerrican vide de dix litres dans la fourgonnette sous les couvertures et vérifiai que j'avais une clé anglaise. Quand il revint, je pris ma serviette remplie de prospectus nautiques et m'en fus.

— Garde la baraque, dis-je à Otis. Je ne serai certainement pas de retour avant l'heure de la fermeture.

Je roulai vite ; je passai par Hampstead, repris la nationale 41 et arrivai à Exeter une heure et demie plus tard. Je savais qu'elle m'avait devancé et je souhaitais ne pas la rencontrer. Je me garai dans le square, fis mes visites et tâchai d'en terminer au plus vite. Un de mes clients, un avocat, était sorti, mais je laissai quelques brochures à sa secrétaire. L'autre était un oculiste qui s'appelait Julius Berg. Il était occupé, de sorte que je n'y restai pas plus de cinq minutes ; puis j'allai voir l'agent de publicité.

Il nous fallut vingt minutes pour mettre l'annonce au point et je lui précisai que je voulais recevoir le topo pour gamberger dessus pendant quelques jours avant de « finaliser le projet ». C'était un jeune gars, frais émoulu de l'université, et il mit un certain temps pour assimiler mon vocabulaire. Je le quittai. Au moment où je montais dans ma voiture, j'aperçus Jewell dans la rue ; elle portait des paquets. Elle avait l'air toute fraîche, toute droite, toute simple. Elle ne me vit pas.

Je sortis de la ville. Il était deux heures vingt. Cet après-midi d'août était torride. Si tout se passait bien, j'allais gagner plus de cent mille dollars dans les vingt-quatre heures prochaines.

CHAPITRE X

Je quittai la nationale 41 et m'engageai dans le petit chemin en souhaitant ne pas rencontrer d'autres pêcheurs. Mais ce serait un hasard bien étrange, car on était un lundi. Lorsque, au dernier tournant du chemin sinueux, j'aperçus la rive et les reflets métalliques de l'eau à travers les arbres, je poussai un soupir de soulagement. Ces lieux étaient aussi déserts et silencieux que le cours supérieur de l'Orénoque.

Je sortis de la voiture, choisis un endroit où dissimuler la fourgonnette dans les bois, puis je conduisis la bagnole à une bonne centaine de mètres du chemin. Je pris la clé anglaise et le jerrican, puis je rampai sur le dos pour dévisser le bouchon de vidange du réservoir d'essence. Je remplis le jerrican et laissai le reste de l'essence s'écouler sur le sol. Lorsque le réservoir fut complètement vide, je revissai le bouchon de vidange et vidai à peu près un litre du jerrican dans le réservoir. J'avais assez d'essence pour rouler quinze cents mètres, peut-être même jusqu'à la nationale.

Je refermai soigneusement le jerrican, le dissimulai à quelques pas de là, sous des broussailles, repérai précisément l'endroit, de manière à pouvoir le retrouver, au besoin dans l'obscurité. Je me remis au volant et tirai sur le starter. Le moteur ne tarda pas à démarrer. Je regagnai la route et garai la voiture sur la banquette, le capot tourné vers la nationale, mais assez loin de la berge, pour que les gens qui passeraient en bateau ne la remarquent pas.

Je sortis la valise, me déshabillai et changeai de vêtements. Je nouai avec soin ma cravate bleue et me regardai dans le rétroviseur pour y examiner ma mise. Je me coiffai du chapeau, enfilai la veste et ouvris l'enveloppe qui contenait ma carte d'identité et le mandat d'arrêt. Je les glissai dans la poche du veston, fourrai mon vieux pantalon et ma chemise de sport dans la valise et dissimulai celle-ci sous les couvertures. Je détachai la carte grise du volant et la cachai, à proximité, dans les broussailles. C'était probablement inutile, mais à quoi bon courir des risques ? Rien dans la voiture ne pouvait révéler mon identité. Je vérifiai que j'avais bien une seconde clé de contact dans mon portefeuille, verrouillai la fourgonnette et glissai l'étui de cuir dans ma poche. J'étais fin prêt. Mince, implacable, impavide, l'agent spécial G. U. Ward était sur le sentier de la guerre. Il avait le regard clair des pionniers. Non, plutôt le regard de l'aigle, me dis-je. Le regard perdu dans les lointains, comme dans les westerns. Je me demandai si cette crise de loufoquerie était l'indice de ma nervosité. Mais non. J'étais en forme. Il n'y avait pas de risques. L'entreprise était ridiculement facile.

Je coupai par les bois, sans m'en faire. Il n'était probablement pas sur le lac à cette heure-ci et mon premier objectif était la cabane. En arrivant à la lisière du bois, je jetai un coup d'œil sur l'anse ; j'aperçus sa barque. Il n'était pas en vue. Il devait faire la sieste.

J'attendis, à bonne distance de la clairière. Quarante-cinq minutes s'écoulèrent. Peu après quatre heures et quart, il sortit et se dirigea vers son bateau. Il portait son sombrero de paille, son baudrier, son étui pistolet et une canne à moulinet. Il démarra et gagna le banc d'herbes, de l'autre côté du chenal. Je fis le tour de la clairière et surgis derrière la cabane. Je la contournai et aperçus le vieux entre les arbres, au bord de l'eau ; il se trouvait bien à deux cents mètres et il était occupé à pêcher. Il y avait peu de risques qu'il me repère. Je me glissai dans la cabane.

J'avisai les lunettes posées sur la commode, sur l'un des magazines d'astrologie. En les prenant, je remarquai qu'il avait essayé de les rafistoler depuis la veille. Une mince bande de sparadrap était collée sur le bord extérieur du verre de droite, sans doute pour le maintenir en place. Ça m'inquiéta. Il s'était peut-être rendu compte que l'autre paire avait disparu. Il avait sans doute malmené celles-ci, un verre s'était détaché. N'avait-il pas alors voulu dénicher les autres ?

Je me retournai, ôtai les magazines qui encombraient la malle et l'ouvris. Pas trace de lunettes. Je la refermai et me hâtai de fouiller les tiroirs de la commode, puis j'entrepris d'examiner rapidement, mais systématiquement, toute la cabane. J'étais en plein boulot lorsque l'absurdité de mon geste me frappa. Qu'est-ce que ça pouvait bien faire s'il s'était aperçu de leur disparition ?

Il n'avait pas pu les remplacer en si peu de temps. Et puis, il était là, non ? C'est pour ça que j'avais détruit la paire de secours, au lieu de celles qu'il portait d'habitude ; je le privais ainsi de toute possibilité de se rendre en ville pour en acheter d'autres avant mon retour. Le plan se déroulait comme prévu. Je remis ses affaires en place et revins à la paire de lunettes de la commode.

Je les pris de la main gauche et, d'un coup sec du manche de mon couteau, bousillai les deux verres. Ils se fendillèrent sur toute leur surface, mais sans éclater. Je remis soigneusement les lunettes à leur place, en les disposant de façon à ce que les verres apparaissent de profil, vus depuis la porte.

Il s'agissait maintenant de planter le décor. Je gagnai le seuil et regardai au-dehors. Je l'entrevis à travers le feuillage. J'allai au hangar, m'accroupis sous le banc et empoignai la boîte de carton. Les deux liasses de billets de dix dollars y étaient toujours. Je me hâtai de gagner le dépôt d'ordures, ramassai les fragments de métal de la valise brûlée et transbahutai le tout dans la cabane. Je débarrassai la table de la cuisine de la pile d'assiettes poisseuses de sirop d'érable, poussai la table au centre de la pièce et en approchai une chaise. Je posai les morceaux de métal noirci sur la table, les y étalai comme si je venais de les examiner et sortis l'argent de la boîte. Je laissai une liasse de billets de dix dans son enveloppe de papier ; je disposai les autres sur la table ; ils portaient tous la fameuse tache et je m'abstins d'en faire sauter la bande. Je reculai pour contempler mon œuvre. Ça faisait un tableau impressionnant. Il n'y avait plus qu'à attendre. Je choisis une assiette sale en guise de cendrier, allumai une cigarette et m'assis. J'espérais bien qu'il n'allait pas pêcher trop longtemps. Maintenant que tout était prêt, j'avais hâte d'en finir. L'inaction me rendait nerveux.

Vingt minutes plus tard, j'entendis le moteur démarrer, mais il gagna tout simplement un nouveau lieu de pêche, le long du banc d'herbes. Je poussai un juron. Un quart d'heure s'écoula. Le moteur repartit et cette fois je l'aperçus qui se dirigeait vers l'anse. « C'est bon, me dis-je. Allons-y. Sois à la hauteur, mon pote. »

Je sortis et fis le tour de la cabane. Je l'entendis couper les gaz pour aborder l'anse, puis, une minute plus tard, s'engager dans le sentier qui menait à la cabane. Je le laissai s'approcher. Il ne commettrait probablement pas la folie de tenter de me descendre avec son revolver, mais je voulais me trouver assez près de lui pour l'en empêcher, au cas où je me serais trompé sur ce point. Il était maintenant arrivé tout près de la porte. Je sortis du coin où je me dissimulais et me dressai devant lui.

— Monsieur Cliffords ? demandai-je. Monsieur Walter E. Cliffords ?

Il s'arrêta, la gaule à moulinet d'une main, une très grosse perche, au bout d'un fil, de l'autre. Ses yeux bleus et candides s'arrondirent sous l'effet de la surprise. On eût dit un bébé étonné.

— De quoi ? fit-il d'une voix monocorde.

— Est-ce que vous êtes M. Cliffords ? répétai-je.

— Bien sûr, répondit-il en reprenant ses esprits. (Il fronça les sourcils, comme s'il me trouvait un peu épais. Qui d'autre pouvait-il être ?) Je suis le seul à habiter ici, expliqua-t-il. Qu'est-ce que vous voulez ?

Je fis un autre pas en avant et tirai la carte d'identité noire de la poche de mon veston.

— Je m'appelle Ward, dis-je. (J'ouvris rapidement la carte sous son nez et la refermai.) F.B.I. Je vous arrête, monsieur Cliffords.

— Vous m'arrêtez ?

Ses yeux bleus de bébé s'arrondirent encore un peu plus et sa bouche s'ouvrit. Il laissa choir la gaule et le poisson. Je me raidis, mais il se contenta de lever les bras tout droit au-dessus de sa tête.

La scène me parut un peu trop mélo, mais ce n'était pas un inconvénient. Il bougea alors, si brusquement qu'il me prit au dépourvu. Il fit un pas en arrière, se tourna vers la cabane, se laissa tomber en avant pour poser ses mains tendues sur le mur.

— Qu'est-ce que... ? fis-je.

Soudain, je compris. On procédait toujours ainsi avec les criminels dangereux. On les immobilisait, le temps de leur soutirer leurs armes. Je débouclai son baudrier, le rattrapai avant qu'il ne tombe, fis glisser le 38 dans ma poche et balançai le ceinturon dans la cabane. Du Gary Cooper, pour le moins ! Il ne fit aucun geste pour se redresser et j'allais lui en intimer l'ordre. Je m'arrêtai à temps.

C'était son arrestation, bon sang, et il entendait qu'elle se déroulât selon les règles. Je ne l'avais toujours pas fouillé pour chercher le revolver qu'il dissimulait. Je m'accroupis et glissai mes mains le long de ses jambes, l'une après l'autre, puis le long de son corps et sous ses aisselles.

— C'est bon, lançai-je laconiquement.

Il se redressa et se retourna. Son visage bonasse était plein de l'étonnement ravi que les enfants manifestent à la vue d'une girafe.

— Un Gé man ! fit-il d'un air catastrophé. Le F.B.I. Pas moins !

Je sortis le document de la compagnie d'assurances, plié dans la poche de mon veston, et le lui tendis :

— Voici le mandat fédéral d'arrestation, dis-je.

Il le prit, avec prudence, comme si c'était un explosif, puis, il le déplia et l'examina sans rien voir :

— Je ne peux rien lire sans mes bésicles, dit-il. Elles sont dans la cabane.

— Très bien, fis-je en désignant la porte. Entrons.

Je le suivis. Au premier pas qu'il fit vers la gauche en direction de la commode, je lançai d'une voix tendue :

— Ne bougez pas ! N'approchez pas de la commode. Restez où vous êtes, au milieu de la pièce.

— Oui, monsieur.

— Où sont-elles ? Je vais vous les passer.

— Sur cette commode.

— Parfait. Ne bougez pas.

Je me dirigeai vers la commode sans le quitter du regard et empoignai les lunettes. Elles m'échappèrent. Je fis une tentative inutile pour les rattraper de l'autre main, comme pour les empêcher de s'écraser au sol ; je les envoyai maladroitement rebondir contre le mur. Les verres éclatèrent.

— Bon sang ! lâchai-je. (Je me retournai et l'observai d'un air peiné.) Désolé, monsieur Cliffords. On vous en procurera d'autres.

— Ça ne fait rien, dit-il.

Je m'attendais à ce qu'il parle de la paire de lunettes qui se trouvait dans la malle. Il remarquerait alors leur disparition ; j'allais lui reprocher cette manœuvre de diversion pour qu'il oublie un incident susceptible de lui paraître suspect s'il avait l'intelligence de s'en rendre compte. Mais il n'y fit aucune allusion. Je l'observai. Il avait mordu à l'appât. Il avait tourné la tête et contemplait les preuves étalées sur la table de la cuisine.

— J'aurais dû m'en douter, fit-il en hochant la tête d'un air résigné. J'aurais dû me douter que je ne pourrais jamais m'en tirer.

J'avais gagné. Aussi facile que ça !

Je m'avançai, lui repris doucement le mandat d'arrêt qu'il tenait d'une main hésitante, et le fourrai dans ma poche.

— Asseyez-vous, ordonnai-je d'un ton pas trop vachard.

Il s'effondra sur une chaise, à côté de la table. Lorsqu'il détacha son regard des billets pour m'observer, son expression me surprit. Au lieu du pur et simple désespoir auquel je m'attendais, j'y lus un sentiment étrange. Une sorte d'admiration muette, autant que je puisse en juger.

— Comment vous y êtes-vous pris pour me découvrir ? demanda-t-il.

— Ne vous en faites pas. Nous allons y venir. Pour l'instant, il est de mon devoir de vous avertir que toutes vos déclarations pourront être utilisées contre vous. Vous êtes dans de sales draps, monsieur Cliffords.

— Il y aura des journalistes ? demanda-t-il. Vous croyez qu'ils vont publier ma photo dans les journaux ?

On eût dit un enfant qui supplie qu'on l'emmène en pique-nique. Il fallait le remettre sur les rails et le secouer. Autant commencer tout de suite.

— Vous n'avez pas l'air de comprendre le sérieux de votre situation, fis-je en fronçant les sourcils.

— Tiens ! fit-il. Quelle inculpation, d'après vous ?

J'allumai une cigarette, refermai le briquet et le

remis dans ma poche. S'agissait de le laisser mariner. Qu'il transpire un bon coup.

— Rien de bien sérieux, avança-t-il. Après tout, je me suis contenté de le découvrir...

Je soufflai un nuage de fumée et l'observai un moment :

— Vous voulez dire que vous ne savez même pas ce que vous avez fait ? demandai-je. Je vous avertis encore. Vous êtes mal parti, mais ce n'est pas en protestant de votre innocence ou en arguant de votre ignorance de la loi que vous allez vous en tirer.

Il me regarda d'un air désespéré :

— Mais... Je me suis contenté de trouver cet argent et j'en ai presque rien dépensé.

— Je crains que vous ne connaissiez pas grand-chose au code pénal, monsieur Cliffords, fis-je en secouant la tête. Comme je viens de vous le dire, votre ignorance ne constituera pas une excuse aux yeux des juges. Ne voyez-vous pas qu'un homme a été tué, dans cette affaire ? Et que ça revient à un assassinat pur et simple ?

— Mais voyons, monsieur Ward ! J'ai rien à voir avec ça.

— Malheureusement, poursuivis-je d'un ton sévère, ce n'est pas tout à fait le cas. Dès l'instant où vous vous êtes emparé de cet argent, au lieu de venir nous trouver, vous êtes devenu complice. Au regard de la loi, vous êtes aussi coupable que Haig. Cependant, même si le gouvernement fédéral se contentait de vous accuser d'avoir entravé l'action de la justice ou d'avoir pactisé avec un criminel, reste la question de la juridiction intéressée au premier chef...

Je n'étais pas très sûr du sens des cuistreries juridiques que je lui servais, mais ça n'avait pas d'importance. Il en savait encore moins que moi là-dessus. Ça marchait. Il se pencha vers moi et me regarda d'un œil tout rond.

— L'État va peut-être décider de vous inculper d'assassinat, poursuivis-je. En ce cas, nous vous abandonnerons à lui, bien entendu, lui dis-je.

— Assassinat ?

— Il n'y a pas de preuves, c'est vrai, tant que nous n'avons pas exhumé le cadavre, mais le procureur de l'État est sur l'affaire. Selon lui, Haig était probablement encore vivant quand vous l'avez découvert. Et vous l'avez tué pour lui dérober cet argent...

— Mais il n'était pas vivant, monsieur Ward, interrompit Cliffords. Il était mort, je vous jure. Ça faisait des jours et des jours qu'il était mort. C'est comme ça que je l'ai découvert. Ces masses d'oiseaux...

J'étais à peu près convaincu qu'il disait la vérité, mais mon but était de lui flanquer la frousse et de l'empêcher de reprendre ses esprits.

— C'est sans importance, dis-je. Quand on exhumera le cadavre, on pourra se faire une idée. Le chef d'inculpation, ça ne me concerne pas, de toute manière. Je suis seulement venu vous arrêter et, bien entendu, récupérer l'argent.

— Oh ! je vais vous montrer où il est, fit-il en

sautant sur l'occasion. Est-ce que, dans ce cas-là, je pourrai...

— Je n'ai pas le droit de conclure de marché, dis-je d'un air sévère et inflexible. Il est évident que vous n'aggraverez pas votre cas, surtout si vous n'avez pas dépensé beaucoup.

— Presque pas ! (Une expression d'inquiétude envahit son visage.) Mais j'ai brûlé toutes les obligations et tous les papiers avec la valise.

Il m'avait épargné le soin de la brûler moi-même, mais je hochai gravement la tête :

— Vous vous êtes mis dans un mauvais cas, dis-je. Vous vous rendez compte que cet acte prouve la préméditation ?

« Encore deux heures de cet exercice, me dis-je, et je pourrai m'inscrire au barreau. »

— Je suis désolé, monsieur Ward, dit-il en soupirant.

— Moi aussi, je le suis. D'une certaine manière, et malgré toutes les difficultés que vous nous avez causées. Vous n'étiez pas un criminel, du moins jusqu'à présent. Et à votre âge, mon Dieu, même dix ans...

— Dix ans ? répéta-t-il lentement. (Je le tenais à présent.)

— Au moins, fis-je d'un ton un peu distrait, comme si je pensais à autre chose. Peut-être plus. Dans une affaire aussi grave... (Puis je feignis de me reprendre.) Oubliez ce que je viens de vous dire, fis-je d'une voix précipitée. Je n'ai aucun droit de parler ainsi. Je ne suis pas le juge. Je suis l'agent chargé de vous arrêter et je n'ai aucune idée de l'inculpation ni de la sentence.

— Je ne savais pas que c'était aussi grave que ça, fit-il en contemplant ses pieds.

— Dites-moi, au nom du Ciel, pourquoi avez-vous agi ainsi ? demandai-je en fronçant les sourcils. Vous affirmez que vous n'avez guère dépensé cet argent. Qu'est-ce que vous vouliez ?

— Ma foi, c'est un peu bête, dit-il. C'est comme si cette idée m'était venue peu à peu. J'ai fini par croire que cet argent était à moi. À la fin, j'ai commencé à penser que j'allais pouvoir faire ce que j'avais rêvé toute ma vie. C'est une de ces choses qu'on est sûr de ne jamais réaliser, mais on y pense quand même.

— C'est-à-dire ?

Nous perdions du temps, mais ça m'intéressait.

— Je voulais acheter une plantation de cocotiers, fit-il simplement.

— De cocotiers ?

Je le regardai avec des yeux ronds, puis je compris son rêve. Il s'étalait sur son visage joufflu, égaré, mélancolique.

— Une île, vous savez, dit-il doucement, sans même me regarder. Dans les mers du Sud. Une île avec une plantation de cocotiers. J'aurais été le propriétaire de l'île et de tout ce qu'il y a dessus. J'y aurais vécu, dans une grande maison, au sommet d'une colline, au milieu de tous les Noirs. J'aurais porté des bottes et un casque colonial et j'aurais été bon avec les nègres. Vous savez, je les aurais soignés quand ils auraient été malades et j'aurais rendu mon jugement en cas de vol.

» Il n'y aurait eu aucun autre Blanc, sauf le régisseur et sa femme. Le régisseur, vous savez, c'est celui qui tient les nègres en main, et, moi, je lui donne des ordres, et sa femme aurait ressemblé à Pola Negri.

Il s'interrompit, le regard perdu dans un rêve.

— Vous vous souvenez de Pola Negri ?

— Non, dis-je, mais je vois ce que vous voulez dire. Elle change de nom de temps en temps.

— En tout cas, poursuivit-il sans m'entendre, la femme de ce régisseur aurait ressemblé à Pola Negri comme une sœur et quand il serait parti à l'autre bout de l'île, pour inspecter les cocotiers, elle serait venue me trouver parce qu'elle m'admirait beaucoup et qu'elle était prête à se mettre en quatre pour moi. Le régisseur serait au courant, bien entendu, mais il ne pourrait rien y faire, parce que je le paierais si bien qu'il ne voudrait pas paumer son poste...

J'en eus assez de perdre mon temps avec lui.

— Où est cet argent ? demandai-je. Allons-y.

— D'accord, dit-il. Mais d'abord, vous pourriez me dire comment vous avez appris que j'avais cet argent, vous autres ?

— Ça n'a pas été facile. Il nous a fallu dix-huit mois et nous n'aurions peut-être jamais rien soupçonné si vous n'aviez pas écoulé des billets que nous avons identifiés.

— Ces billets de vingt dollars, dit-il. Je le savais. Je le savais...

« Tu l'as vu trop tard, mon vieux. »

— Mais alors, pourquoi les avez-vous dépensés ?

— J'y pensais tout le temps, mais j'en avais déjà écoulé trois. C'est à ce moment que je me suis aperçu que les numéros se suivaient. C'est comme ça que vous les avez repérés ?

— Non, fis-je en hochant la tête. Nous n'avons pas découvert le gars qui les écoulait, mais nous savions qu'ils venaient de cette région-ci. Alors, nous avons pensé à une autre idée sur laquelle, nous travaillions. Haig s'est tiré de l'accident et il a quitté Sanport. Nous le savions. Personne, à Sanport, n'aurait consenti à le cacher, il était trop dangereux. Peut-être qu'avant l'arrivée de la police, il est monté de force dans une voiture qui passait, qu'il a obligé le chauffeur à le prendre à bord... Ça arrive assez souvent. Mais ce que nous n'arrivions pas à comprendre, c'était ceci : pourquoi le chauffeur n'avait-il pas porté plainte après ? Même si Haig l'avait tué et s'était emparé de la voiture, un ami ou un parent aurait bien fini par signaler sa disparition. Or, personne n'a jamais rien dit. Il nous a fallu longtemps pour découvrir la clé de l'énigme, mais nous avons fini par y réussir à peu près au moment où vos billets de vingt dollars se sont mis à circuler. Et si le chauffeur était mort avant d'avoir pu nous alerter, dans des circonstances tout à fait normales, en apparence, aux yeux de la police, du moins ?

» Nous avons vérifié les rapports de la police routière de cette journée-là et nous avons trouvé ce que nous cherchions. Six heures vingt minutes après la disparition de Haig, après son accident de camion, une conduite intérieure Plymouth 1950, dans laquelle se trouvait un vieux couple, a quitté la route à trois kilomètres d'ici, juste après le coucher du soleil, sous une pluie battante ; le couple a été tué sur le coup. Ils n'étaient pas sur leur chemin et conduisaient plus vite que d'ordinaire, même quand ils roulaient avec une bonne visibilité, sur une chaussée sèche. Réponse : Haig. Il se trouvait dans la voiture. Il les avait contraints à se terrer quelque part jusqu'à la nuit.

» Il était probablement blessé et peut-être un peu sonné, et il ne savait pas où il allait. Il aurait dû laisser des traces de sang, mais la pluie avait tout lavé et quand on a relevé le vieux couple, il n'y avait dans la voiture rien qui pût révéler sa présence.

» À partir de là, c'était facile. Nous sommes venus ici, entre autres coins, et nous avons fouillé. Nous avons découvert les débris de la valise, ainsi que les billets de vingt dollars et des billets de dix.

Mon discours terminé, Cliffords demeura un instant silencieux. Il se contentait de soupirer et de me regarder d'un air terrifié.

— Et moi qui pensais que je pourrais m'en tirer ! lâcha-t-il enfin.

Je lui lançai un coup d'œil et fronçai les sourcils :

— Vous avez failli, dis-je. Vous ne saurez jamais

à quel point vous avez failli réussir. Bon. Pouvez-vous me montrer l'endroit où se trouve cet argent ?

— Bien sûr, fit-il en se levant. Il y a encore trois mille dollars sous la maison, sur une vieille poutre ; à moins que vous les ayez déjà découverts.

« Superbe ! pensai-je hâtivement. Ajoutons cette somme aux mille dollars qui sont sur la table ; ça fait déjà un magot respectable. Ça va marcher magnifiquement. »

— Et le reste ? demandai-je.

— Enterré dans trois seaux de sirop d'érable sous un arbre, à quinze cents mètres d'ici, en remontant le lac.

— Combien ? demandai-je. Vous connaissez le montant ?

— J'ai compté les petites liasses. Ça m'a pris longtemps. Il y en a pour cent treize mille dollars.

C'était donc aussi bête, aussi facile ! Je n'avais qu'à lui poser des questions.

— Oui, fis-je pensivement. Ça recoupe à peu près les indications de la banque. Allons-y !

Nous prîmes l'argent planqué sous la baraque. J'étais passé à côté, lorsque j'avais regardé sous la cabane, la première fois, mais je cherchais un magot beaucoup plus gros. C'était en billets de dix, par liasses de cinq cents dollars, enveloppées dans du papier ciré, le tout sur une poutre. On emporta cet argent dans la cabane et il m'observa tandis que je comptais les billets sur la table de la cuisine.

— Ça fait en tout trois mille huit cent quarante dollars, annonçai-je.

Avisant un sac en papier, j'y fourrai tout l'argent, le repliai soigneusement, et le fermai avec du papier collant. J'inscrivis le total sur le sac, accompagné de la mention suivante : *Récupéré au voisinage de la cabane.* Il regardait de tous ses yeux, fort impressionné par tout ce mécanisme policier.

— Il faudra revenir ici, pour que vous puissiez emporter les vêtements dont vous aurez besoin en prison, dis-je. Donc, inutile d'embarquer ce sac. Nous le prendrons au retour. Voyons...

Je saisis une pile de magazines et de bandes dessinées entassées contre le mur et glissai l'argent derrière.

— Ça ne craint rien ici ? demandai-je.

— Non. Personne ne vient jamais.

— Vous dites que c'est à quinze cents mètres ?

— À peu près.

— Je ne vois pas pourquoi je garderais ce veston, fis-je en l'ôtant.

Je pris le 38 dans la poche de la veste et le glissai dans ma ceinture. Puis je pêchai le mandat d'arrêt bidon dans la poche intérieure de mon veston, le fourrai dans la poche-revolver droite de mon pantalon, attrapai le trousseau de clés qui s'y trouvait, le cachai un instant dans ma main, repliai le veston, laissai choir le trousseau en flanquant le veston sur le lit et me retournai vers la porte. Les clés atterrirent au pied du lit. Je fis semblant de ne pas les remarquer.

— Dites, monsieur Ward. Vos clés sont tombées, dit-il.

— Merci, fis-je en les ramassant. Pas question de les perdre. Nous serions bloqués ici.

— Votre voiture est dans le chemin, sans doute.

— Oui.

Je saisis ma veste, glissai les clés dans l'une des poches et la reposai sur le lit. Il m'observait. Nous sortîmes dans la cour.

— Il nous faudra une pelle ? demandai-je.

— Oui, monsieur. Il y en a une dans le hangar. Je vais la chercher.

— Très bien, fis-je.

Je le laissai partir tout seul. Son attitude commençait à m'inquiéter. Il était trop bête et il manquait un tantinet de malice. Il fallait m'assurer qu'il pigeait le topo. Lui faire un dessin. Je m'accroupis et regardai sous la maison. Je vis ses jambes, il se dirigeait vers le hangar et y entrait. Un instant plus tard, il en sortit et prit la direction de la maison. J'attendis son arrivée, puis je tournai le coin, revolver au poing.

— Hé ! m'écriai-je.

Je m'arrêtai alors, d'un air surpris et soulagé ; j'avais failli l'emboutir.

— Qu'est-ce qui se passe, monsieur Ward ? demanda-t-il en me regardant d'un air intrigué.

— Rien, dis-je. (« Non, non, pensai-je, furieux. Il ne pige pas. Ça passe au-dessus de lui. Il faut lui mettre les points sur les *i.* » Je soupirai et poursuivis :) Je me demande à quoi je pensais : vous laisser partir comme ça. Un bon conseil, monsieur Cliffords, si vous voulez m'en croire, ne faites pas état de cet incident devant mes supérieurs.

— Pourquoi ? demanda-t-il innocemment. Il commençait à me faire peur. Personne ne pouvait être aussi crétin.

— Pourquoi ? répétai-je d'une voix cinglante. Écoutez. J'ai déjà un blâme à mon dossier pour avoir laissé échapper un prisonnier. Je ne tiens pas à recommencer. Vous auriez pu vous sauver ; si le patron apprend que je vous ai laissé tout seul, je vais passer un mauvais quart d'heure. Et vous aussi ! ajoutai-je d'un ton menaçant.

— Ne vous inquiétez pas, fit-il d'un ton apaisant. Je ne dirai rien.

— C'est bon. (Je le regardai d'un air sceptique, puis glissai le revolver dans ma ceinture.) Mais n'essayez pas de vous échapper. Je vous tiens à l'œil.

— Essayer de m'échapper ? répéta-t-il en ouvrant des yeux ronds. (Puis il hocha la tête et, d'un air solennel, il ajouta :) Non, monsieur. Pas moi, monsieur Ward.

Je le regardai, et un frisson me parcourut l'échine. Il était sincère. Il ne songeait pas du tout à s'enfuir.

Il bigla la lame de la pelle et lui flanqua un coup de pied.

— Inutile d'essayer de posséder le F.B.I. Je m'en suis bien rendu compte.

CHAPITRE XI

Je m'efforçai de ne pas révéler, par mon expression ou ma voix, la gêne que j'éprouvais.

— Parfait, dis-je.

Douce mère de Dieu, était-il bête à ce point ? Il fallait qu'il s'échappe. Pas tout de suite, mais quand nous aurions déterré le magot. Mais, me dis-je pour me rassurer, je ne lui ai pas encore donné la clé des champs ; il saisira l'occasion quand je la lui offrirai. Je brûlais les étapes et j'espérais trop de ce bonhomme. Il n'avait pas songé à se sauver jusqu'à présent, parce que je ne lui en avais tout simplement pas laissé l'occasion. Lorsque je lui donnerais le feu vert et lui ferais comprendre à quel point la fuite était facile, il s'arrangerait bien pour se tailler. C'était couru.

— Oh ! Il faut être fou pour s'amuser avec le F.B.I., poursuivit-il sentencieusement. Vous avez bien réussi à arrêter des gars comme Dillinger, Kelly la Mitraillette et Karpis...

C'était un fanatique du F.B.I. Les G-men étaient

ses héros. J'avais ouvert ma grande gueule et ça n'avait pas arrangé les choses.

— Et quand vous m'avez expliqué comment vous vous y étiez pris pour m'attraper... (Il s'interrompit, et poussa un soupir.) Pour sûr que non, monsieur Ward. Ne vous inquiétez pas pour moi. Je ne vous ferai pas d'histoires.

« Tu as été formidable, Godwin. Tu t'es dépassé. Vas-y et raconte-lui tes autres exploits. Explique-lui tes savantes déductions. Ne sois pas timide. Sers-lui un autre épisode de l'histoire de Godwin, l'astucieux et inexorable chasseur d'hommes, et tu n'arriveras seulement pas à le faire filer en lui flanquant des coups de revolver. »

Ma foi, il fallait inventer quelque chose. Il fallait l'affranchir avant qu'on déterre le magot, et il fallait que ça marche. Toute la suite en dépendait.

— Très bien. Allons-y, dis-je. Montrez-moi le chemin. Et n'oubliez pas que je suis derrière vous et que je suis armé.

— Entendu, monsieur, dit-il.

L'après-midi tirait vers sa fin et les ombres s'allongeaient dans la clairière. Nous nous enfonçâmes dans les bois en direction du nord, mais en nous éloignant insensiblement du lac.

— C'est par ici que Haig est enterré ? demandai-je.

— Non, monsieur, fit-il en tendant le bras vers la droite. Par ici. Pas très loin de cette route, à quinze cents mètres de ce côté-ci de la nationale.

— Ma foi, on ne s'occupera pas de lui aujourd'hui. On vous ramènera sur les lieux demain ou après-demain et vous nous indiquerez où il est. Le procureur de l'État sera là, ainsi que le coroner.

— Qu'est-ce qu'ils pourront y faire, maintenant ? demanda-t-il en poursuivant sa route sans se retourner. Ça fait plus de dix-huit mois.

— Probablement pas grand-chose. Bien entendu, si vous avez tiré sur lui et que la balle ait brisé un os, ça se verra. Ou si vous lui avez fendu le crâne.

— Mais je n'ai rien fait, monsieur Ward. Je vous dis la vérité. J'étais en train de chasser des écureuils et j'ai vu tous ces oiseaux autour...

— Ils s'étaient déjà attaqués à lui ?

— Non. Ils se posaient dans les arbres.

— Vous avez pu vous faire une idée de la manière dont il était mort ?

— Bien sûr. Il avait été salement amoché et il était saigné à blanc. C'était l'évidence. Je me suis demandé comment il avait pu s'éloigner tellement de la route. Il était pas mal démoli, mais le pire, c'était cette blessure au bras droit.

— La valise était près de lui ?

— Sa tête et ses épaules reposaient dessus et sa main était passée dans la poignée. On aurait dit qu'il tâchait de se relever pour l'emporter.

— Hum ! Il n'avait pas de fracture ? Pas de fracture du crâne ? Rien de ce genre ?

— Je ne sais pas.

— Je vois. Votre version me semble plausible. Si vous vous y tenez et que l'autopsie ne révèle pas de fracture du crâne ni aucune blessure de ce goût-là, vous éviterez probablement l'inculpation d'assassinat.

— Si je pouvais seulement vous convaincre, monsieur Ward, s'écria-t-il.

— Oh ! je vous crois. En fait, je crois que vous dites toute la vérité, mais ce sont les jurés... On ne sait jamais ce qu'un jury va décider. Demandez à n'importe quel avocat. À propos, est-ce que vous avez un avocat ou est-ce que vous en connaissez un bon ? C'est votre droit constitutionnel, vous savez, et autant être franc avec vous. Si vous en aviez un en ce moment, son premier conseil serait de vous taire. Tout nier, car tout ce que vous direz peut se retourner contre vous.

— Oui, monsieur.

J'avais de plus en plus peur. Il fallait que je le persuade.

— Tenez-vous-en à votre histoire, lui dis-je pour l'encourager. (Je le suivais à deux pas, tandis que nous nous enfoncions dans la forêt.) Vous éviterez l'inculpation d'assassinat et vous n'aurez sur le dos que l'inculpation fédérale : complicité après l'exécution du délit, refus de coopérer avec la justice, délit criminel, etc. Bien entendu, un homme a été tué au cours de l'attaque et ça complique un peu l'affaire. C'est pour ainsi dire un homicide, comme vous le savez. Vous avez des notions juridiques, n'est-ce pas ? Je veux dire que vous avez étudié le droit ?

— Oui, monsieur. Je lis tout ce que je trouve sur la question, mais je n'ai jamais...

— Je sais, je sais, l'interrompis-je, votre casier judiciaire est vierge. Nous avons vérifié. À propos, c'est bien pour ça que vous avez failli échapper au F.B.I.

— Qu'est-ce que vous voulez dire ?

— Ce que je veux dire ? demandai-je d'un ton incrédule. Peut-être que vous ne vous en rendez pas compte, mais vous avez failli réussir un coup parfait. Beaucoup mieux que tous ceux qui s'y sont essayés. Vous nous avez menés en bateau pendant dix-huit mois et, croyez-moi, nous ne vous aurions jamais attrapé, si vous n'aviez pas gaffé. Je veux dire la mise en circulation de ces trois billets de vingt dollars. Je vous tire mon chapeau. Vous vous êtes rendu compte du danger, mais nous avons la chance que vous vous en soyez aperçu trop tard.

— Hum... fit-il. Oui, monsieur, c'est exact. Je me suis rendu compte que j'avais commis une erreur, une fois que je l'ai faite. Je reconnais que la chose vous a aidés, vous autres.

— Je voulais tellement vous le dire, ajoutai-je avec chaleur. Autrement, nous ne vous aurions jamais arrêté, car vous n'auriez sûrement pas dépensé d'autres billets. À ce propos, j'étais à Washington, le mois dernier. Hoover m'a appelé et nous avons parlé de cette affaire. C'était bien la cinquantième fois. Je lui ai exposé ma théorie ; pour moi, nous avions affaire à un très brillant amateur, c'est-à-dire à un homme qui connaissait parfaitement les arcanes du crime, mais qui avait un casier judiciaire vierge. C'est signé, lui ai-je dit.

Je l'observai. Il s'était redressé un petit peu et poursuivait sa route devant moi. Pouvais-je lui faire avaler des blagues pareilles ? J'hésitais. Il fallait y aller au bulldozer, et au diable la subtilité !

— Et qu'est-ce qu'il a répondu ? demanda Cliffords.

— Il était plutôt de mon avis, bien entendu. Ces affaires-là, on les pige à force de les étudier. Le fait est, voyez-vous, qu'on sent la présence d'un esprit avisé, qu'on s'attaque à une intelligence très brillante, mais on ne dispose d'aucun élément. Pas d'empreintes digitales, pas de photographies, pas de plan classique, pas de méthode apparente, parce que l'homme qui a agi n'est pas un criminel de profession et qu'il est tout à fait inconnu. Avec les professionnels, c'est facile. C'est l'amateur qui peut nous mener par le bout du nez, s'il est assez malin.

— Ma foi, monsieur, je reconnais que ça tient debout quand on y réfléchit, dit Cliffords par-dessus son épaule.

L'intelligence diabolique, le génie du crime qui reste dans les coulisses, tout ça prenait forme. Pourquoi pas ?

— C'est là que vous nous avez possédés, poursuivis-je. Enfin, que vous avez failli, n'eût été cette malheureuse erreur qu'on ne reverra pas d'ici mille ans. Nous ne savons tout simplement rien de vous. On n'a jamais pris vos empreintes digitales, on n'a aucune photographie. Dépourvus d'indices comme nous l'étions, vous pouviez vous terrer le reste de votre vie et nous ne vous aurions jamais épinglé.

Mais, dès que je vous aurai ramené en ville, que nous vous aurons mesuré sur toutes les coutures, alors, ma foi, ce sera différent. C'est pour ça que je dois faire tellement attention. Et n'oubliez pas que je reste derrière vous, revolver au poing !

— Non, fit-il.

Je remarquai qu'il n'ajoutait plus : « Monsieur ».

— Je comprends que vous ne courriez aucun risque avec moi, poursuivit-il. Ça va vous faire une belle réputation, de me ramener, pas vrai ?

— Sans doute, dis-je. Une promotion. Alors, tenez-vous bien et pas de blague.

Je pris le revolver dans ma ceinture et manœuvrai le chargeur sans bruit. Je fis glisser les balles dans ma main gauche et les jetai une à une dans les broussailles. Il n'entendit rien et ne se retourna pas. Je repoussai le chargeur.

— Vous croyez qu'on va vraiment m'envoyer en prison ? demanda-t-il.

— On est bien obligés. Ne serait-ce qu'à titre d'exemple. Si vous ridiculisez impunément le Gouvernement fédéral sans sanctions, des douzaines d'autres vont suivre votre exemple.

Il ne répliqua rien. On fit un crochet pour éviter une fondrière encore pleine d'eau.

— Comment est-ce que vous vous débrouillez dans ces bois ? demandai-je. Pour ma part, je me serais perdu au bout de cinq minutes.

— Très facile. Il suffit de toujours se souvenir des endroits où on est passé.

— Ça a l'air facile, mais il me faudrait sans doute

deux jours pour retrouver mon chemin jusqu'à la cabane.

Il poursuivit en silence, pendant quelques minutes, puis il demanda :

— Quel jour on est ?

— Comment ? Ah ! oui. C'est lundi.

— Non, je veux dire le jour du mois.

— Le 29 août.

— Tiens !

Nous poursuivîmes notre route.

— Nous allons arriver, non ? demandai-je.

— Plus que deux cents mètres.

— Ma foi, tout ce que je peux dire, c'est que je suis bien content de ne pas avoir à retrouver mon chemin tout seul dans cette jungle.

Est-ce qu'il allait falloir en rajouter ? « Non, pensai-je. C'est tout juste si je ne lui ai pas promis que le président des États-Unis s'occuperait personnellement de lui dégoter une planque. » Inutile d'insister. Il s'agissait de lui fournir une occasion toute naturelle de se sauver, et de prier pour que ça réussisse.

— C'est juste devant nous. Vous voyez les racines de cet arbre ?

Je les vis, à moins de cent mètres, dans une épaisse chênaie. L'un des arbres était tombé, sans doute depuis plusieurs années ; il en avait entraîné un plus petit dans sa chute ; il en résultait un enchevêtrement de branches brisées, recouvertes de broussailles. On pressa le pas. « Le soleil va se coucher dans une heure », me dis-je, en observant les rayons du soleil à travers le feuillage.

— C'est sous le gros, dit Cliffords.

Il s'avança le long du tronc et s'arrêta à la première branche. Je l'observai en m'efforçant de dissimuler mon excitation. La masse des branches brisées soulevait le tronc à vingt centimètres du sol, que recouvrait un épais tapis de feuilles mortes.

Il repoussa les feuilles qui s'étalaient sous le tronc, et j'aperçus le trou qu'avait causé la chute de l'arbre. Cliffords s'agenouilla et se mit à gratter la terre avec sa pelle. J'entendis un choc métallique. Je me penchai par-dessus son épaule et regardai attentivement.

— Je l'ai déterré il y a près de cinq mois et je l'ai mis dans des seaux tout neufs, dit-il. Ça rouille joliment vite.

Il jeta sa pelle et se mit à creuser la terre à l'aide de ses mains. Je les apercevais maintenant tous les trois, enterrés en rang, verticalement, sens dessus dessous. Il empoigna le premier, tira et poussa dessus pour le dégager. Je m'agenouillai et m'attaquai au troisième. Le sien s'arracha à la terre, puis ce fut le mien. Il souleva celui du milieu que l'absence des deux autres avait libéré. Nous les rangeâmes côte à côte sur les feuilles mortes, dans un rayon de soleil. Ils étaient tachés d'une rouille brunâtre et la terre noire et humide à laquelle il les avait confiés y adhérait par plaques, mais je les jugeai plus beaux que trois urnes grecques. J'allumai une cigarette et me rendis compte, tout à coup, que ma chemise était trempée. Je m'agenouillai, contemplai les seaux et savourai la joie frénétique de cet instant.

Ils étaient du genre des seaux de cinq litres qu'on utilise dans la région pour récolter le sirop d'érable, tout comme ceux que j'avais vus dans sa cabane. Ils étaient dotés d'une anse en fil de fer et d'un couvercle parfaitement adapté. Je me rendis compte qu'après avoir refermé le couvercle, il les avait plongés dans de la paraffine. Bonne idée, me dis-je ; s'il avait connu les colloïdes déshydrateurs à base de silice, il aurait pu empêcher la rouille d'envahir l'intérieur de ces seaux.

— Vous voulez que je les ouvre ? demanda-t-il.

— Un seul suffira.

J'en pris un que je posai entre nous. Il sortit son couteau, gratta la paraffine et, à l'aide du dos de sa lame, dégagea le couvercle qui finit par s'ouvrir et tomba sur le sol. Je me penchai sur le contenu du seau et je craignis un instant qu'il n'entende les battements de mon cœur. Comment décrire la chose ? me dis-je. Il n'y avait qu'une seule expression : cinq litres de fric !

Le seau était plein, bourré de liasses de billets de cinq, dix, vingt et cinquante dollars, posées à plat, ou contre les flancs du seau, ou repliées dans toutes les positions imaginables ; elles occupaient tout l'espace disponible. Des billets de dix dollars voisinaient avec des billets de cinquante ; je sortis une liasse de billets de cinq : une liasse de billets de cent se trouvait dessous. Je rejetai cette liasse-là. Je ne tenais pas à ce qu'il voie mes mains trembler.

— Ça fait un beau magot, pas vrai ? dit-il.

Il était temps de se débarrasser de lui. « Vas-y », pensai-je. J'écrasai ma cigarette sur le sol et hochai la tête.

— Très bien, replacez le couvercle. On ferait aussi bien de rentrer.

Le trou où il les avait enterrés se trouvait juste derrière moi, légèrement à droite. Cliffords était penché sur le seau qu'il refermait. Je jetai un coup d'œil derrière moi. Je pris mon revolver dans ma ceinture et reculai ; quand je sentis le bord du trou sous mon pied, je me laissai glisser.

— Bon Dieu ! m'écriai-je en levant les bras et en basculant.

Le revolver m'échappa, mon épaule heurta une basse branche et je roulai à terre.

Il s'élança et s'agenouilla à côté de moi.

— Hé ! monsieur Ward ! Vous ne vous êtes pas fait mal ?

Je me mis à quatre pattes.

— Ça va, dis-je. Je l'avais oublié, ce sacré trou !

— Allons, fit-il. Je vais vous aider à vous relever.

Il me prit par le bras. Le revolver était tombé dans le trou et, de ma main libre, je poussai de la terre dessus. Il ne remarqua rien. Le revolver n'était pas chargé, mais je ne tenais pas tellement à ce qu'il s'en empare.

Je m'efforçais de me relever. Au moment où je posais le pied droit sur le sol, je poussai un cri et m'effondrai. Je passai ma manche sur mon visage pour en effacer la sueur et la saleté.

— C'est ma cheville, fis-je d'une voix chevrotante. Attendez une minute.

Il m'observa tandis que je délaçais ma chaussure. Je fis une grimace éloquente en l'ôtant et en tâtant ma cheville.

— Ça brûle, dis-je, mais je ne crois pas qu'il y ait rien de cassé. Ce n'est probablement qu'une foulure.

— Vous croyez que vous pourrez marcher ?

— Je ne sais pas. Attendez que je reprenne mon souffle. Je vais essayer une autre fois.

Ce fut encore plus spectaculaire. Je m'effondrai en gémissant sur le sol, et me retrouvai étendu le long des trois seaux.

— Inutile, dis-je.

Il jeta un regard impuissant autour de lui :

— Je pourrais peut-être vous couper une branche pour vous servir de béquille.

« Bon Dieu, me dis-je éperdument. Si tu as de la cervelle, c'est le moment de t'en servir. Cette andouille n'a toujours pas compris ! »

— Impossible avec ce couteau, dis-je. Il faudra un bout de bois assez lourd, et puis il faut un pansement.

Je bougeai légèrement mon pied et grimaçai.

— Aïe ! m'écriai-je

— Ma foi, dit-il d'un ton hésitant, j'ai des bandes à la cabane, et du sparadrap.

— Nous voilà bien avancés !

— Nous pourrions peut-être déchirer nos chemises pour en faire un pansement.

Comment l'obliger à piger ? Je hochai la tête.

— Il faut une bande plus longue que ça. Une vraie bande velpeau ou un drap en charpie. Et puis, de toute manière, la béquille s'impose.

— Je ne vois pas d'autre moyen, dit-il. Il va falloir que je retourne à la cabane. Avec ma hache, je taillerai une jeune pousse en forme de fourche et je m'arrangerai pour la capitonner. J'apporterai un drap...

— Vous êtes fou ? l'interrompis-je d'une voix glaciale. Où croyez-vous que je suis ?

Je m'agenouillai péniblement, lui fis face pour qu'il se rende compte que j'avais perdu mon revolver en tombant.

— Je ne vois pas d'autre moyen... répéta-t-il.

— Vous êtes un petit futé, hein ? dis-je de mon air le plus sarcastique. J'ai passé dix-huit mois à essayer de vous agrafer et vous pensez que je vais vous laisser partir comme ça ? Restez où vous êtes. Non. Reculez. Je ne tiens pas à vous voir trop près de moi, surtout que vous êtes debout.

Il fit deux pas en arrière et me regarda. Il commençait à piger. Le professeur Moriarty, le grand spécialiste du crime, entrevoyait une lueur. Encore un petit effort et ça y serait.

— Est-ce que vous me croyez assez bête pour penser que vous allez revenir ? Vous avez bien manigancé votre affaire, hein ?

Il ne répondit pas, mais je pouvais deviner ses

pensées, tandis qu'il me regardait fixement. Trois mille huit cents dollars dans la cabane, un répit de vingt-quatre heures avant qu'on ne s'aperçoive de sa disparition. Ça prenait forme. Je fronçai les sourcils d'un air pensif :

— Mais peut-être... C'est bien sûr que vous reviendrez ? Rappelez-vous que vous ne pourriez pas aller très loin sans voiture...

Je me rendis compte qu'il avait pigé, au moment même où je m'interrompis brusquement en levant une main pour la porter à ma bouche. Les clés de la voiture ! Elles étaient dans mon veston, sur le lit de la cabane. Encore un petit coup de pouce et il allait s'y mettre.

— Restez où vous êtes ! m'écriai-je.

Comme je baissais une main vers ma ceinture pour empoigner mon arme, un étonnement sans borne se peignit sur mon visage ; je venais de découvrir qu'elle avait disparu. Je me retournai et regardai derrière moi. Je hurlai de dépit et de colère. Il se mit à reculer lentement.

— Ne bougez pas ! m'écriai-je. Vous êtes arrêté ! Revenez ici !

J'essayai de me relever pour courir après lui, mais je m'effondrai.

— Revenez ! beuglai-je. Revenez !

Il fit un autre pas en arrière.

— On vous retrouvera dans un jour ou deux, fit-il. Vous vous en tirerez. Mais j'estime que le F.B.I. a commis une grosse faute en n'envoyant qu'un seul homme pour m'arrêter.

« Et surtout un type aussi bête que moi. » Il ne le dit pas, mais c'est bien ce qu'il sous-entendait. Il me sourit d'un air de mépris supérieur, se retourna et se mit à détaler en direction de la cabane.

CHAPITRE XII

Dès qu'il eut disparu, je souris et me relevai. Je m'assis sur le tronc et allumai une cigarette. Une scène pareille, c'était épuisant et je m'étais demandé jusqu'au bout comment ça allait tourner. Il s'agissait à présent de lui donner de l'avance. Peu importait le moment où je quitterais les lieux. Il allait être forcé de marcher car l'auto le lâcherait de ce côté-ci de la nationale, et ce serait très gênant pour nous deux si, après avoir fait le plein, je le retrouvais sur la route essayant d'arrêter une bagnole. Il prendrait même peut-être le temps de faire ses valises, puisqu'il savait que je ne pourrais pas revenir à la cabane avant le lendemain matin, à supposer que je retrouve mon chemin. Et même en ce cas, je ne pourrais sortir du marécage avant qu'on envoie une patrouille à ma recherche.

Je fumai ma cigarette jusqu'au bout avant de me décider à ouvrir les deux autres seaux ; je m'en régalais à l'avance.

J'écrasai enfin mon mégot, m'agenouillai et pris mon couteau.

Les trois seaux furent bientôt ouverts devant moi. J'avais l'impression de rêver que j'étais propriétaire de la réserve d'or de Fort Knox, puis de me réveiller les clés à la main. Les deux autres étaient, comme le premier, bourrés de toutes sortes de billets de cinq à cent dollars. J'ôtai rapidement ma chemise, l'étendis sur le sol et y entassai l'argent ; je n'essayai pas de le compter, mais de trier ce que je devrais détruire. Lorsque je trouvais une liasse de billets neufs, je la mettais de côté. En quelques minutes, j'avais fait deux tas. Bien entendu, il faudrait recommencer plus en détail, mais l'essentiel serait fait. Il y avait quatre liasses de billets de vingt dollars, six de billets de dix et deux de billets de cinquante tout neufs.

Par mesure de précaution, je pris chacune des liasses et constatai que les numéros des billets se suivaient. Je fis un rapide calcul d'après les chiffres imprimés sur les bandes. Les douze liasses représentaient un total de douze mille dollars, curieuse coïncidence, puisque les liasses représentaient des sommes variant de cinq cents à deux mille cinq cents dollars.

Je contemplai le petit tas.

« C'est bon, me dis-je, au travail ! Tu prétendais pouvoir le faire, alors vas-y. N'hésite pas. Tu serais fichu d'hésiter et de te demander si tu ne pourrais pas les écouler sans danger dans dix ans d'ici. Il y aura toujours du danger et le monde n'est pas assez vaste pour te permettre de claquer tout ce fric. C'est le moment, vas-y, et fais bien les choses. »

J'empilai les douze liasses à côté du trou. Après avoir récupéré le revolver que je glissai dans ma ceinture, je me mis à faire sauter les bandes et à entasser les billets dans le trou. J'en constituai ainsi un bon paquet, j'approchai mon briquet d'un coin de billet de cinquante dollars et l'allumai. Ça se mit à flamber. Je fis sauter les bandes des autres liasses et lançai les billets dans les flammes en prenant soin de ne pas les étouffer. Je me souvins du premier feu que j'avais allumé au bord du lac et me dis que si ça finissait par devenir une manie, elle risquait de me revenir cher. Quand il n'y eut plus qu'un tas de cendres, je pris un bâton pour les tasser. Je poussai un peu de terre par-dessus et mélangeai le tout. Puis, à l'aide de la pelle, je creusai un peu autour du trou, égalisai la surface et y ramenai des feuilles mortes. « Ma foi, me dis-je, voici une piste bien brouillée. »

J'allais m'attaquer aux autres billets, lorsque je m'arrêtai pour écouter attentivement. On eût dit un moteur de hors-bord qui démarrait au loin. Je souris. Il pouvait gagner ma voiture plus vite par le chenal, et porter ses bagages sans difficulté. Je retins mon souffle et me remis à écouter ; mais je ne savais plus guère ce que j'entendais. Quinze cents mètres, c'était beaucoup, et il s'éloignait. « Bon voyage, Walter ! Je considère comme un grand honneur d'avoir touché ton cœur tendre, ne fût-ce qu'un instant, et puissent les pâturages être toujours aussi verts ! »

Ma foi, pour être verts, ils l'étaient. Il possédait

trois mille huit cents dollars que je lui avais donnés et s'il ne pouvait pas se payer une plantation de cocotiers, ça lui suffisait tout de même pour quelques années. De toute manière, son régisseur aurait fini par le descendre.

Je m'agenouillai à côté de l'argent étalé sur la chemise et me mis à remplir les seaux. Je terminai le travail, jetai un dernier regard cupide sur mon trésor et ajustai les couvercles. Je passai ma chemise, m'assis pour fumer une dernière cigarette avant de me mettre en route. Il fallait lui donner encore un peu de temps, pour le cas où il serait revenu prendre une de ses bandes dessinées à la cabane. À présent, il devait être arrivé à ma voiture.

Je me rendis compte que, dans ma fièvre, j'avais oublié de reprendre ma chaussure. Je la mis donc, mais sans la lacer. Quelle volupté, cette halte sur les feuilles mortes, adossé au tronc, à fumer et à songer aux cent un mille dollars qui s'entassaient devant moi !

Ma cigarette fumée, j'écrasai le mégot et jetai un coup d'œil à ma montre. Près de six heures. Il était temps de filer. Je me penchai pour lacer ma chaussure et tressaillis brusquement. J'avais entendu un bruit derrière moi, tout près. Aucun doute sur la nature de ce bruit : c'était quelque chose ou quelqu'un qui se déplaçait sur les feuilles sèches.

Je me retournai, toujours accroupi, et reluquai le spectacle avec horreur. C'était Cliffords. Il cheminait dans ma direction, tel un gnome replet et conscient de son importance ; il tenait à la main un sac en papier et une béquille qu'il avait fabriquée.

Je compris qu'il fallait cesser d'ouvrir des yeux ronds, mais rien à faire. J'étais plongé au beau milieu de ce désastre, et mon esprit ne fonctionnait plus ; je n'avais plus qu'une idée : à présent, nous étions *tous les deux* bons pour la prison.

Il approchait. Il s'arrêta à quelques pas, craintivement, et me tendit la béquille et le sac en papier d'un air presque implorant.

— Ne tirez pas, monsieur Ward, dit-il. Je suis revenu. J'ai changé d'avis. Regardez la bonne béquille que je vous ai goupillée !

Il me la tendit. Il voulait tellement que je lui dise que c'était du bon boulot.

— Vous... commençai-je en hochant la tête. (Je me repris et finis par articuler une phrase :) Je croyais que vous aviez fui. Qu'est-ce qui vous a poussé à revenir ?

— Je n'aurais pas dû essayer, fit-il d'un air confus. Vous ne leur direz pas, n'est-ce pas ?

J'aurais voulu lui hurler des injures.

— Qu'est-ce qui vous a fait changer d'avis ?

— C'était une folie, dit-il en contemplant le bout de ses pieds d'un air embarrassé. Je crois que j'ai perdu la tête, mais si vous me promettez de ne rien dire aux autres, on ne m'en tiendra pas rigueur et je vous aiderai à sortir d'ici. Si vous ne pouvez pas marcher, j'irai chez M. Nunn téléphoner à votre bureau pour qu'on envoie du renfort. Je ne vous quitterai pas, monsieur Ward. Croyez-moi, je reste. Je ne vous abandonnerai pour rien au monde.

J'avais procédé à son arrestation et c'était moi, à présent, qui ne voyais plus aucun moyen de lui échapper. Bien sûr qu'il n'allait pas m'abandonner ! Bon Dieu ! il allait me ramener au F.B.I., même si ça lui prenait une semaine. J'étais enchaîné à jamais à cette tête de veau, présomptueux et stupide. Si je l'emmenais à Sanport et le flanquais par la portière, il arriverait au F.B.I. dans les vingt minutes qui suivraient pour déballer toute l'histoire. Si je l'abandonnais ici et tentais de m'enfuir avec l'argent, même topo. Ou bien s'il n'allait pas trouver les flics, il se confierait au premier venu et le F.B.I. l'apprendrait dans les vingt-quatre heures. Grâce au signalement qu'il donnerait de moi, Ramsey ne mettrait pas cinq minutes à deviner qui était ce nouvel agent spécial.

Mais pourquoi était-il revenu ? Qu'est-ce qui s'était passé à la cabane pour le faire changer d'avis ? Je me triturais les méninges. Est-ce que ça valait la peine de continuer à interroger ce demeuré ? Peut-être n'avait-il plus du tout sa tête à lui.

— Je suis sûr que vous êtes content que j'aie changé d'avis, dit-il.

— Oui.

Il aurait peut-être voulu que je lui saute au cou et que je l'embrasse !

Le plus dégueulasse, dans cette farce, c'est qu'on n'allait probablement même pas le poursuivre, cet innocent. Pourquoi ? C'est moi qu'on allait boucler. J'étais sans doute assez intelligent pour distinguer le bien du mal et on n'aurait aucune difficulté à déterrer, dans les lois de l'État et dans la législation fédérale, une demi-douzaine de chefs d'accusation pour m'écrouer. Je passai en revue quelques-uns d'entre eux : préméditation, refus de coopérer avec la justice, destruction de preuves, usurpation d'identité, complicité de délit criminel et probablement vol et attaque à main armée. Ajoutez-y une tentative de fuite. J'allais oublier que je venais de détruire douze mille dollars que la police tâchait de récupérer.

— Vous avez remis votre soulier, dit-il.

— Oui, répondis-je d'un air las. Je commence à me sentir un peu mieux.

— Ça n'a pas l'air trop enflé. Vous croyez que vous aurez besoin d'un pansement ?

— Je ne pense pas.

Fallait-il tenter un dernier coup ? Je n'y tenais pas, mais je m'y efforçais tout de même.

— Pourquoi êtes-vous revenu ? lui demandai-je.

— Ma foi, dit-il de son air de chien battu, ça ne servait à rien d'essayer. Je n'aurais jamais pu m'enfuir. Je m'en suis rendu compte dès que je suis arrivé chez moi.

— Comment ? lui demandai-je en soupirant.

— Vous vous souvenez, je vous ai demandé quel jour on était.

— Oui.

— Eh bien, dès que je suis rentré à la cabane, j'ai consulté. Je consulte toujours avant d'entreprendre quoi que ce soit. C'était clair. Je n'avais pas la moindre chance. Les astres étaient contre moi.

— Les astres ? fis-je en ouvrant des yeux ronds.

— Mon horoscope. Il me déconseille ce genre de trucs d'ici la première quinzaine de novembre.

J'allumai une cigarette et contemplai le sol. Il n'y avait probablement aucun moyen de percer à jour un esprit de ce genre. Impossible d'avoir prise sur lui, car les lois qui le régissaient étaient imprévisibles. Vous aviez beau vous tenir sur vos gardes dans le secteur où vous vous attendiez à l'attaque, il se manifestait ailleurs avec autant de logique qu'une chaudelance dans une première communion. Comment prévoir, dans ces conditions ? J'avais bien vu le magazine d'astrologie, mais il était perdu parmi des tas d'autres.

Je laçai mon soulier. Il me tendit la béquille et je me remis debout tant bien que mal, sans trop me préoccuper de jouer mon rôle d'invalide. Qu'est-ce que ça pouvait bien faire désormais ?

— Je vais porter les seaux de sirop, dit-il.

Il passa les anses dans le manche de la pelle et posa celle-ci sur son épaule. Je regardai les seaux.

— J'irai doucement, fit-il. Dites-moi si vous voulez vous arrêter pour souffler.

Il démarra. Je suivis.

Au bout d'un moment, il jeta un coup d'œil pardessus son épaule.

— La béquille est bonne ? demanda-t-il.

— Ça va.

Nous poursuivîmes notre route. Les trois seaux oscillaient doucement au rythme de son pas, à un mètre devant moi. J'essayai d'en détourner mon regard, de ne pas entendre les chocs métalliques.

— On va s'en tirer, me lança-t-il d'un ton rassurant, par-dessus son épaule.

— Bien sûr.

— Arrivés à la cabane, on prendra la barque.

Les seaux s'entrechoquaient toujours.

Ils contenaient cent un mille dollars et il n'y avait que deux personnes sur cette terre à le savoir. J'éprouvais une espèce de nausée. De calmes zones d'ombre s'amassaient, s'épaississaient sous les arbres, tandis que le soleil déclinait.

Tout le monde ignorait que j'étais ici, et je n'y étais jamais venu. Il n'y avait aucun risque à réaliser l'idée qui m'était venue.

Le plus terrible de la chose, c'était sa simplicité. Si je ne levais pas le petit doigt, j'irais en prison pour la peau. Mais je pouvais me tirer avec une fortune et ne pas aller en prison du tout.

C'était le crépuscule. J'aperçus la clairière et la masse noirâtre de la cabane, devant nous.

« Fais vite, me dis-je, mais ne t'énerve pas. »

*

Nous étions maintenant dans la cabane ; il y faisait très sombre. J'étais tendu, perdu au loin, et je me concentrai sur des détails : me forcer à boiter par exemple. J'avais pris mon veston et le sac en papier, qui contenait les trois mille huit cents dollars. Il avait déjà placé les trois seaux dans la barque et était revenu chercher les vêtements qu'il voulait emporter. Il les plia dans une petite valise en simili-cuir qu'il sortit de dessous le lit.

— Je téléphonerai à Mme Nunn de venir ramasser le reste de mes affaires, dit-il. Elle pourra peut-être en vendre une partie.

— Oui.

Je raflai le ceinturon qui traînait sur le plancher. Garni de cartouches, il était très lourd. Je le lui tendis.

— Je crois que je ferais mieux de le laisser ici, dit-il.

— Prenez-le toujours. Je déposerai le revolver au bureau et vous réussirez peut-être à vendre l'ensemble à un shérif adjoint.

Il fallait absolument qu'il le porte, mais j'aurais bien voulu qu'on cesse de bavarder. Ma voix était haletante, étouffée, comme si je parlais la gorge serrée.

Il boucla son ceinturon, jeta un coup d'œil dans la cabane et franchit le seuil sans mot dire. Cette baraque appartenait à présent au passé. Le bois sombre nous entourait. Très haut dans le ciel vespéral, quelques taches orange et rose s'attardaient après l'explosion silencieuse du crépuscule. Il leva les yeux, puis contempla l'ombre qui s'épaississait dans la clairière.

— J'aimais bien cet endroit, dit-il simplement. C'était un chouette coin.

l'objet que j'avais fait choir de l'étagère. C'était une cruche de sirop d'érable ; je venais d'imprimer des traces de sirop sur le plancher. Je jurai à voix basse, dans l'obscurité. Quelle poisse ! Ma foi, je n'avais plus qu'à nettoyer, tout à l'heure. Il fallait revenir, de toute manière. J'avisai des bouquins de bandes dessinées déchirés, dans la caisse à bois, près du fourneau. J'en arrachai quelques pages, ôtai le sirop de mes semelles et fourrai le papier dans le fourneau. Je posai deux allumettes sur le plancher, à côté de la porte, de manière à les retrouver à mon retour, puis je m'emparai de la gaule, soufflai la lampe et sortis.

Il fallut deux ou trois minutes pour que mes yeux s'habituent à l'obscurité. Je regagnai la barque et y lançai la gaule. Une petite cuiller était restée accrochée à la ligne. Je cherchai la boîte à appâts sous le siège avant. C'était une boîte en métal dotée d'un compartiment qui se relevait avec le couvercle. Je l'ouvris, la posai sur le fond entre le banc du milieu et le banc arrière. Je mis le pied sur un des bouts du plateau et m'y appuyai de tout mon poids. La boîte céda, puis se renversa et les hameçons se répandirent au fond de la barque et sous les planches. J'ôtai mes chaussures, les posai sur le tronc et m'éloignai à la rame.

Je ramai jusqu'au milieu du bras d'eau, puis je lançai le moteur au ralenti et me dirigeai vers les bancs d'herbes de la rive opposée. Arrivé à mi-chemin, je me relevai et plongeai. Je revins à la surface ; la barque s'éloignait, son ombre se confondait avec la surface sombre de l'eau, tandis que le moteur continuait à tourner dans la nuit. Elle vira vers la droite. Aucune importance si elle butait contre un obstacle et s'arrêtait. Mais je souhaitai qu'elle ne fasse pas demi-tour dans ma direction.

Je m'orientai et regagnai l'anse à la nage. J'émergeai et m'assis sur le tronc pour remettre mes chaussures, puis j'essayai de repérer la barque. Elle semblait avoir atteint l'autre rive et elle était apparemment immobilisée. Elle s'était probablement déjà enfoncée dans les bancs d'herbes. Parfait.

Je remontai sur la rive, pris la valise et revins à la cabane ; je me hâtais, car je voulais quitter les lieux au plus vite. Je rallumai la lampe, remis les vêtements dans l'un des tiroirs de la commode et repoussai la valise où il l'avait prise, sous le lit. J'avisai un sac en papier et ramassai les débris de la cruche brisée. Je plongeai un torchon dans le seau d'eau, le tordis, nettoyai les traces de sirop et flanquai ensuite le torchon dans le sac. Quoi encore ? Ah ! oui ! L'assiette que j'avais utilisée comme cendrier. Je jetai les mégots dans le sac, nettoyai l'assiette avec du papier que je pris dans la caisse à bûches pour en ôter les cendres et fourrai le papier dans le foyer du fourneau. « Il vaut mieux brûler tout ça », me dis-je. J'en approchai une allumette, puis j'y flanquai la boîte en carton qui avait contenu l'argent, ainsi que le papier ciré dans lequel Cliffords avait enveloppé les billets cachés sous la maison. Quand le tout fut consumé, je pulvérisai les cendres à l'aide des pincettes et refermai le fourneau. Je glissai les pièces métalliques noircies qui provenaient de la valise de Haig dans le sac en papier, repoussai la table à sa place habituelle et jetai un coup d'œil autour de moi. Qu'avais-je oublié ?

Ses lunettes brisées. Je m'approchai de la commode d'où je les avais laissées tomber ; elles auraient dû être au pied du mur. Elles n'y étaient plus, du moins la monture. Je ramassai les morceaux de verre brisés, dispersés sur le plancher, et les fourrai dans le sac. Il avait dû récupérer la monture. Où l'avait-il mise ? Il me fallut deux ou trois minutes pour la découvrir dans une petite poubelle, derrière le fourneau. La moitié du verre droit adhérait encore à la monture. Je la glissai dans le sac en papier et jetai un dernier regard sur les lieux. Rien ne révélait mon passage dans cette cabane.

Bien entendu, j'avais laissé des empreintes en plusieurs endroits sur le sol durci de la cour et dans le sentier, mais ça n'avait pas d'importance, même si mes pieds étaient plus grands que les siens. Personne n'irait s'amuser à chercher des empreintes de pas. Ce qui lui était arrivé était parfaitement clair. Il avait trébuché sur la boîte à hameçons, il était tombé par-dessus bord et, alourdi par son baudrier et son revolver, il s'était noyé, assommé par l'étrave de sa barque. L'autopsie confirmerait cette hypothèse.

Je m'emparai du sac en papier, soufflai la lampe et sortis. Lorsque mes yeux se furent accoutumés à l'obscurité, je gagnai le lac, à une cinquantaine de mètres au-dessus de l'anse, et flanquai le sac à l'eau. Les pièces métalliques et les verres brisés étaient suffisamment lourds pour qu'il coule à pic. Me frayant un chemin à travers les arbres, je regagnai l'anse.

Je fis un paquet de ma chemise, de mon pantalon et de mes chaussettes et le ficelai avec ma cravate. J'enfilai mon veston, mis mon chapeau, empoignai la béquille, les trois seaux et le ballot de vêtements mouillés et m'enfonçai à travers bois. J'avançais lentement et la route était plus longue, car je devais suivre la rive pour ne pas me perdre. Les broussailles m'égratignaient les jambes et je prenais garde à ne pas buter contre les troncs d'arbre. Le bruit du moteur hors bord s'éloignait derrière moi. Je m'arrêtai un instant pour arracher le capitonnage de la béquille et le fourrer sous une racine. Cent mètres plus loin, je jetai la béquille à l'eau. Je me rendais compte que j'étais fatigué, mais je n'avais aucune notion de l'heure. Il y avait peut-être vingt minutes, ou peut-être des heures, que je me trouvais dans cet état de profonde concentration, uniquement intéressé par les problèmes qui se posaient à moi. Rien d'autre n'existait, ou ne pouvait exister, avant que je les aie résolus.

Je débouchai sur une clairière et je compris que j'étais arrivé. Je tournai à gauche, retrouvai le chemin et, une minute plus tard, la fourgonnette. Les diverses tâches qui me restaient à accomplir étaient peu nombreuses et je les exécutai une à une. Je sortis les clés de la poche de mon veston et ouvris la portière. Je pris une torche dans le compartiment à gants, courus à la cache où j'avais dissimulé le jerrican et en versai l'essence dans le réservoir. Je remis la carte grise à sa place. J'ouvris la valise, ôtai la veste et le pantalon mouillés, enfilai le pantalon et la chemise de sport que j'avais mis le matin.

À l'instar d'une équipe de travail qui compte ses outils, j'étalai les vêtements mouillés et m'assurai que je n'avais rien perdu. Tout était là : la chemise, la cravate, les chaussettes, le pantalon, les boutons de manchette, le briquet, le canif, le portefeuille, les faux papiers, les vestiges trempés du mandat d'arrêt, le sac en papier contenant les billets de dix dollars et même un paquet spongieux de cigarettes, dans la chemise. Je fourrai le sac en papier dans la valise et le portefeuille, le canif et le briquet dans les poches de mon pantalon. Roulant tout le reste dans la chemise, je flanquai ce paquet dans la fourgonnette.

À l'aide du couteau, j'ouvris les couvercles des trois seaux. J'avais oublié tout ce qui n'était pas l'action immédiate et c'est à peine si je reconnus les liasses en les transférant hâtivement dans la valise. Lorsque les seaux furent vides, je fourrai le veston dans le sac, par-dessus les paquets, refermai le sac et le flanquai dans la voiture, à côté des vêtements mouillés, puis je ramenai les couvertures et les ceintures de sauvetage en kapok pardessus. Je m'emparai de la torche et des trois seaux et regagnai le bord de l'eau. J'y expédiai les couvercles, puis je remplis les trois seaux d'eau, pour qu'ils coulent, et les lançai dans le lac, aussi loin que possible. Je braquai la torche sur ma montre ; elle était étanche et marchait toujours, malgré mes deux plongeons.

Il était huit heures dix-sept. Le problème était résolu et je n'avais plus qu'à rentrer. J'éteignis la torche et m'immobilisai un instant, tandis que mes nerfs se détendaient. L'épreuve avait été dure, et je n'avais pas le droit de me tromper, mais je n'avais fait aucun faux pas. Je le savais. C'était impeccable.

Soudain, je pris conscience d'un changement. Je tournai la tête et fronçai les sourcils en me demandant ce que c'était. Je n'avais rien entendu ; tout autour de moi régnait le silence, le silence éternel du marais. Oui, c'était bien ça. Le silence lui-même. Tout ce temps, j'avais perçu le ronronnement lointain du moteur hors bord sans l'entendre vraiment et voilà qu'il venait de s'arrêter. Le réservoir d'essence était enfin à sec.

J'éprouvai une curieuse sensation. C'était comme si mon bonhomme n'était pas mort, une heure plus tôt, mais maintenant, au moment précis où le moteur, ayant exhalé son dernier souffle, s'arrêtait de tourner et que toute vie et tout bruit désertaient le chenal sombre et sinistre, devant sa cabane.

Je tombai à genoux au bord de l'eau et je fus pris de hoquets, tandis qu'une odeur de vomi me montait aux narines. Quand j'eus rendu tout mon saoul, j'allai me laver le visage, puis je m'assis par terre ; je tremblais de faiblesse.

« Inutile d'en faire un drame », me dis-je. Ce n'était qu'une réaction à retardement, la petite dépression qui succédait à cette longue période d'efforts et de concentration intenses. Au bout de quelques minutes, je regagnai la fourgonnette et m'éloignai du lac.

CHAPITRE XIII

Je n'avais que dix litres d'essence. Trop dangereux d'essayer de rentrer chez moi d'une seule traite. Les pompistes de Hampstead seraient sans doute couchés. Je décidai donc de revenir par Exeter et d'y faire le plein. Il était un peu plus de dix heures lorsque j'arrivai à la maison, très satisfait de n'y trouver personne.

Il y avait encore des gens debout dans plusieurs des pavillons voisins. J'entrai dans le garage et en refermai la porte. Une autre porte, plus petite, donnait sur la cuisine. Je gagnai l'entrée de la maison, allumai dans la cuisine et fermai les rideaux, puis je fis entrer la valise et les vêtements par la petite porte.

J'allumai le four de la cuisinière et étendis le pantalon mouillé et la cravate sur le dos d'une chaise que je posai devant. La chemise était tachée, à cause du paquet de cigarettes trempé ; inutile de la mettre dans le sac de linge sale, Jessica ou Reba me poseraient des questions gênantes. Je la roulai et la jetai dans la poubelle, derrière la maison.

Je montai à la salle de bains, au premier étage, muni d'une paire de ciseaux de cuisine, découpai le carnet d'identité noir en petits morceaux, le flanquai dans les waters et tirai la chasse d'eau. Le mandat d'arrêt trempé suivit. J'ôtai mes chaussures, y glissai des formes et les mis à sécher dans un placard. J'enlevai mon chapeau. J'enfilai une paire de pantoufles, me peignai, redescendis à la cuisine et retournai le pantalon et la cravate devant le four. Quand ils furent un peu moins humides, je m'emparai de la planche et du fer électrique de Reba et les repassai. Je suspendis le pantalon sur un portemanteau, y accrochai le veston et regagnai la chambre à coucher. Je rangeai le complet à sa place habituelle et remisai la cravate sur son fil. L'agent spécial Ward avait cessé d'exister. Toute trace de lui avait disparu.

J'avais gardé le meilleur pour la bonne bouche. Je pris la valise, descendis dans mon sous-sol, tirai les rideaux sur les fenêtres et allumai une petite lampe près du fauteuil. Je sortis ma malle et la vidai d'un tas de livres, de papiers et de vieux vêtements que je n'avais jamais pensé à jeter. Puis, muni d'un carnet et d'un crayon, j'ouvris la valise.

J'empilai les billets sur le sol, par liasses de cent, cinquante, vingt, dix et cinq dollars, reportai les totaux imprimés sur les bandes et priai Dieu que Cliffords ne se soit pas trompé. Il avait calculé juste, et même un peu en-deçà. Mon total s'élevait à cent trois mille cinq cents dollars. Plus les trois mille huit cent quarante dollars du sac en papier.

Ça faisait en tout cent sept mille trois cent quarante dollars. Je contemplai cet argent et poussai un sifflement. Tout ça était à moi et *personne au monde ne le savait.* Un autre gars avait-il jamais réussi un coup pareil, à lui seul et sans que personne ne soit au courant ? Quand on y réfléchissait, l'affaire devait être unique. Non seulement on ne pouvait pas me soupçonner, mais cet argent ne manquait à personne. C'était le côté fantastique de l'affaire. Il n'y avait pas le moindre lien entre Haig et Cliffords, ni entre Cliffords et moi ; de plus, Cliffords et Haig étaient morts.

Ma foi, c'était sa faute, non ? Ne m'étais-je pas traîné à ses genoux pour le supplier de s'enfuir ? Sa mort était due à sa propre stupidité. Il aurait dû avoir le bon sens de comprendre que, quand on veut jouer à ce petit jeu, on court des risques et qu'il faut apprendre à se protéger. Il avait joué sa partie de son propre chef ; personne ne l'avait forcé. Tant pis pour lui, s'il était incapable de comprendre que les alouettes ne vous tombent pas toutes rôties dans le bec et qu'on ne gagne rien sans se mouiller.

Je me levai pour prendre des cigarettes et revins contempler la pile d'argent, tout en échafaudant des projets. Dans mon idée, je devais me tenir pénard pendant six mois, le temps que la police abandonne ses recherches dans la région. Ça nous menait à février. Je partirais alors pour la Floride, j'y déposerais l'argent dans plusieurs coffres. L'argent liquide, c'est toujours insolite, dans les affaires, et ça risque d'attirer l'attention. Il fallait donc ouvrir plusieurs comptes en banque, les augmenter peu à peu jusqu'à y placer tout mon fric. Je ne broncherais pas de tout l'été et, vers la fin de la saison, après avoir parcouru la côte et les Keys pour y trouver un endroit propice, j'achèterais un magasin d'articles de pêche, ou j'en monterais un moi-même. Une fois mon affaire lancée, j'aurais toute facilité de placer des sommes de plus en plus considérables, ou de les investir dans mon affaire. Il fallait seulement y aller en douceur.

Je rangeai l'argent dans le fond de la malle, le recouvris des vieux vêtements que j'avais sortis, d'un équipement de ski que je n'avais pas utilisé depuis des années, d'une veste de smoking, d'un uniforme et de deux complets droits. Il ne craignait rien comme ça. Personne ne fouillait jamais dans mes affaires et, de toute manière, c'est moi qui avais la seule clé. Je posai les livres et les papiers par-dessus, fermai la malle à double tour et la repoussai contre le mur. Puis je glissai la clé dans mon portefeuille.

Je regagnai la cuisine, me fis un sandwich et ouvris une bouteille de bière. J'emportai le tout au salon, où je chargeai le pick-up des disques d'*Eugène Onéguine* et de *Boris Godounov*. La maison m'avait l'air trop tranquille. Au bout d'un moment, j'éteignis et montai à l'étage. Je pris une douche et m'étendis tout nu sur le lit. Le mot de Jessica était toujours épingle à l'oreiller. Je le froissai et le flanquai sur la commode. Je me pris à souhaiter son retour. Une querelle valait mieux que cette immobilité figée. J'éteignis. La lune était montée dans le ciel et sa lumière douce inondait le chèvrefeuille, près de la fenêtre,

Comme j'allais m'endormir, je me redressai soudain. Tous mes nerfs s'étaient réveillés et sonnaient l'alarme. *Comment avait-il fait pour lire cet horoscope ?*

Je n'y avais pas fait attention sur le moment, car j'avais d'autres préoccupations, j'étais trop furieux pour ça, et je perdais la tête. Mais il n'avait pas pu le lire sans ses lunettes. Or, je les avais brisées. Qu'est-ce qu'il avait dit, exactement ? « *Dès que je suis rentré à la cabane, j'ai consulté.* »

C'était déroutant, terrifiant même. Ça ne changeait rien, mais je ne pouvais me permettre de laisser un incident incompréhensible ou inexpliqué, dans cette affaire. L'inconnu était dangereux. Une seconde, me dis-je. Les lunettes brisées avaient été déplacées, il les avait ramassées par terre et, quand je les avais retrouvées, elles étaient dans la poubelle. La moitié d'un des verres adhérait encore à la monture. Il avait beau être fêlé, Cliffords avait peut-être pu s'en servir, non sans difficulté, mais assez bien pour lire quelques mots. Ça devait être ça. C'était ça. Je soupirai, soulagé.

Je me réveillai une fois, pendant la nuit ; j'étais trempé, ligoté dans mes draps comme si je m'étais battu avec. Le lendemain matin, quand mes yeux s'ouvrirent à la fraîcheur grise de l'aube, il me fallut une minute ou deux pour me souvenir et j'éprouvai alors une terreur irrésistible. On allait m'épingler, je serais condamné à la chaise électrique. Puis je repris mes esprits et la panique s'en fut.

M'épingler ? C'était bien improbable. Comment s'y prendrait-on ? C'était absolument impeccable. Tout d'abord, Cliffords s'était tout simplement noyé. Une autopsie en fournirait la preuve et il suffisait d'examiner sa barque pour comprendre ce qui s'était passé. Et puis, je ne le connaissais même pas et je n'étais jamais allé chez lui. Je me rasai, m'habillai et descendis en ville pour y prendre mon petit déjeuner. J'étais assis au comptoir de Joey et je me bagarrais avec un demi-melon lorsque Ramsey entra et s'assit deux tabourets plus loin.

— Comment allez-vous ce matin, monsieur Godwin ? demanda-t-il en souriant.

— Très bien, merci. Est-ce que vous avancez ?

Je perdais mon temps, je le savais, quand bien même j'aurais ignoré qu'il n'avançait pas. Ces gars-là refuseraient de vous dire l'heure qu'il est.

— Hum ! pas grand-chose, répondit-il. (Il passa sa commande à la serveuse, puis il se retourna vers moi.) Comment va la pêche, dans ce coin ? On m'a dit que vous vous y connaissiez.

Est-ce qu'il avait enquêté sur mon compte ? Sans aucun doute.

— Je m'y connais assez bien, dis-je. Ça fait partie de mon boulot, et puis je vais souvent à la pêche. Vous pensez vous y mettre ?

— Peut-être, quand je serai en vacances. Qu'est-ce que vous pensez du lac Sumner ?

Je ne bronchai pas et avalai une gorgée de café.

— Ma foi, d'habitude, c'est pas mal.

— Vous y êtes allé ces jours-ci ?

— Oui, répondis-je, il y a quelques jours. Mais, pour une fois, je n'ai pas eu de veine. Le mois d'août n'est pas très propice.

— Vraiment. Je pensais à la première quinzaine d'octobre. Merci beaucoup. Si ça colle, je viendrai vous en parler. Vous demander où descendre et le reste.

— Bien sûr. Quand vous voudrez. Je me ferai un plaisir de vous renseigner.

Mon melon avait pris un goût de tuyau d'amiante, mais je me forçai à l'avaler. Qu'est-ce qu'il cherchait donc ? Une vérification. Il me mettait mal à l'aise.

Otis avait déjà ouvert et balayait le magasin. Il s'approcha et posa le balai contre la vitrine pour allumer une cigarette.

— C'est un truc que j'ai appris dans l'armée, dit-il. On glande jusqu'à ce qu'on aperçoive un sous-off ; alors, on attrape un balai et on se met à balayer comme un diable.

— Il s'est passé des choses, hier ? demandai-je. Un gars a fait irruption dans la boutique et il a acheté un truc avant que tu puisses l'en empêcher.

— Exactement. En fait, je suis resté ouvert jusqu'à votre disparition. J'ai vendu un moteur de vingt chevaux, comptant.

— Parfait, dis-je.

Je n'avais pas le cœur à l'ouvrage, ce matin-là.

Otis resta silencieux un instant. Il allait se remettre au travail, mais il changea d'avis. Il posa le balai sur son pied et l'observa d'un air curieux.

— Ah ! oui, dit-il, j'allais oublier. Un certain Nunn s'est pointé, deux heures après votre départ.

— Vraiment ?

Il hocha la tête sans quitter son balai des yeux.

— Il voulait vous parler, mais j'ai répondu que vous étiez parti pour la journée. Il m'a demandé où.

— Qu'est-ce qu'il voulait ? demandai-je.

Ça ne me disait rien de bon.

— Il râlait ; on avait mal révisé ses moteurs, à ce que j'ai compris. J'ai voulu lui faire préciser ce qui ne marchait pas, mais il s'est contenté de me dire qu'il vous en avait parlé quand vous étiez venu chez lui, la semaine dernière.

Je lui jetai un bref coup d'œil. Il contemplait toujours son balai. Ma foi, il y avait le dimanche. Je pouvais lui dire que c'était le jour où j'y étais allé. Puis, je me rendis compte que ça ne servait à rien. Otis savait que j'avais menti à propos du lac Sumner. Mais pourquoi voulait-il me le faire comprendre ?

Je ne répondis pas. Un ange passa.

— Ce Nunn ne me dit rien qui vaille, reprit-il. Croyez-moi, patron. Il n'est pas commode. Ça ne me regarde pas, mais je me suis dit que vous le connaissiez peut-être mal. Il a tué quatre hommes quand il était shérif.

— Tiens !

Je compris. Otis croyait que je courais après Jewell Nunn. Je poussai un soupir de soulagement. Ma foi, j'avais fait tout ce qu'il fallait pour ça. J'étais seul au magasin, lorsqu'elle était venue chercher les moteurs, j'étais allé la retrouver et elle m'avait téléphoné ici.

— Je crois que c'est tout, dit-il. Excusez mon indiscrétion.

— Bien sûr. Merci.

L'affaire était arrangée, sans grincements de dents. Il ne fallait plus que je tourne autour de Mme Nunn. Il se remit à balayer. Je vérifiai les notes de la veille, additionnai l'argent et l'enfermai dans le coffre. Il m'avait flanqué la trouille un instant, mais tout allait bien. Pourtant, je me rendis compte que je ne serais jamais tout à fait tranquille tant que je n'aurais pas quitté les lieux. Des broutilles me rendaient nerveux parce que je les interprétais de travers. C'était la deuxième fois depuis ce matin et il n'était pas encore neuf heures. Je devais me tenir sur mes gardes tout le temps, pour ne pas me trahir. Plus d'un criminel recherché s'est fait coffrer par un flic qui pensait seulement à lui flanquer une contredanse pour stationnement interdit.

Heureusement, les affaires marchaient bien, et elles m'occupèrent suffisamment. À dix heures, je me rendis à la banque pour y déposer l'argent et pris une tasse de café. Quand je revins au magasin, un concessionnaire automobile entra me parler bateaux en s'efforçant de me vendre une fourgonnette neuve tandis que je lui parlais voitures en tâchant de lui vendre un bateau. Nous fîmes assaut d'astuces et d'injures pendant une demi-heure. Peu après onze heures, j'étais seul dans le magasin lorsque le téléphone sonna. Otis parut à la porte de l'atelier, mais il y rentra quand il me vit me diriger vers le téléphone.

Dès que j'eus décroché, je m'en félicitai. C'était Jewell Nunn.

— Tiens, comment allez-vous ? demandai-je en la souhaitant aux cinq cents diables. (Me faire tuer par George Nunn, ça m'assurait un alibi, mais un peu abusif.)

— Vous êtes occupé ? demanda-t-elle.

— Oui, assez. (Si elle croyait que j'allais la retrouver à Hampstead, elle était folle.) Vous faites encore des courses, ce matin ?

— Non, rien d'important. J'ai eu l'idée de vous téléphoner pendant que j'étais au drugstore. Quelque chose que je voulais vous dire...

— Parfait, allez-y.

— Je crois que je ferais mieux de ne pas vous en parler au téléphone.

— Allons, protestai-je. Ce n'est pas chic de me mettre l'eau à la bouche. Je voudrais bien venir vous retrouver, mais je ne vois vraiment pas...

— Ma foi, c'est sans importance. Il s'agit de M. Cliffords. Vous vous souvenez...

Un picotement me parcourut l'échine. Impossible qu'on l'ait déjà repêché ; même dans une eau aussi chaude, son cadavre n'aurait pu remonter à la surface aussi vite. Que diable voulait-elle dire ?

— Cliffords ? (Je me demandai si ma voix avait l'air normale.) Ah oui, bien sûr ! Le petit bonhomme qui dévore des bandes dessinées ? Qu'est-ce qu'il a fait ?...

— Ce n'est pas grave et je ne crois pas que je devrais...

— Ne vous occupez pas de Cliffords, interrompis-je. C'est vous que j'ai envie de voir. Je peux venir vous retrouver ?

— Vous le voulez vraiment ?

— Bien sûr. Écoutez. Ça me prendra un peu plus d'une heure, mais je vous rejoins. Au même endroit ?

— Très bien, fit-elle doucement. À tout de suite, Barney.

— À tout de suite.

Je raccrochai et poussai un profond soupir. « Calme-toi, me dis-je. Ne te mets pas dans tous tes états. On n'aurait pas pu le retrouver si tôt. Et puis même ? Qu'est-ce que ça change ? C'est probablement un truc idiot dont elle se souvient à propos de Cliffords, une astuce pour me faire venir. Elle a envie de flirter un brin. »

Je gagnai le fond du magasin, m'appuyai contre l'établi et regardai Otis travailler sur un moteur. Chaque minute me paraissait un siècle. J'aurais voulu lui hurler d'aller déjeuner et de revenir en vitesse. Il fallut attendre midi moins le quart pour qu'il pose ses outils et qu'il aille se laver les mains.

Il finit par s'en aller. Je fis les cent pas dans le magasin ; j'étais incapable de rester en place. Il revint à midi et quart. Je traînai encore quelques minutes, puis je lui annonçai d'un air las que j'allais déjeuner et que je m'arrêterais ensuite à la poste. Je sortis des faubourgs de la ville à cent vingt à l'heure.

Après l'embranchement de la route du lac Javier, je ne rencontrai plus aucune voiture. Tant mieux. J'espérais qu'elle ne s'était pas lassée de m'attendre. Ça faisait près d'une heure et demie qu'elle m'avait appelé. Je fonçai dans le chemin de la forêt de pins. Sa voiture était garée sous un des grands arbres, près du ruisseau. Sa portière était ouverte et elle était assise au volant, vêtue d'une légère robe bleue, les jambes croisées. Ce fut une des rares fois de ma vie où je me sentis trop nerveux et trop pressé pour accorder mon approbation à une jolie jambe.

Elle arbora un sourire timide et se leva. Elle était vraiment très gentille. Ça vaut toujours mieux d'avoir affaire à de la bonne qualité. Je lui pris les deux mains :

— Je me demande comment vous faites. Vous êtes chaque fois plus adorable.

— Voyons, Barney. Vous vous rappelez...

— Très bien, fis-je en riant doucement. Je vais tâcher de me dominer. Je tâcherai encore plus fort, voilà tout.

— Ça me fait plaisir de vous revoir.

— Vous ne me facilitez pas la tâche, dis-je d'un ton réprobateur.

J'aurais voulu l'agonir d'injures. Quand diable allait-elle se mettre à parler de Cliffords ?

Elle se poussa sur le siège et je me glissai près d'elle. Je me mis au volant et m'approchai d'elle, mais elle hocha la tête, quoique d'un air pas trop sévère. Ma foi, il fallait bien y mettre le prix. Oh ! et puis, merdc ! Quellc importance ? Serais-je donc obligé d'aborder le sujet de Cliffords, si elle ne parlait pas ?

— Si on causait tout simplement, non ?

— Oui, fis-je. Du moment que je peux vous regarder.

Je glissai un doigt sous son menton et obligeai son visage à se tourner vers moi.

— J'imagine que vous ne manquez pas d'expérience, fit-elle.

— Si, j'en manque.

— Oh ! non, fit-elle en souriant. Vous vous y prenez trop bien.

— Je peux jouer les timides, si vous préférez.

— Je parie que vous en seriez incapable. Vous savez trop bien y faire pour vous montrer timide, même si vous le vouliez.

Je savais y faire. Depuis quand ? Bon Dieu ! est-ce qu'elle allait se mettre à me parler de Cliffords ?

— Racontez-moi ce que vous avez fait depuis que je vous ai vu, dis-je.

— Oh ! rien de bien intéressant... (Elle s'interrompit tout à coup, puis reprit :) M. Cliffords ! J'avais presque oublié.

— Très juste. Qu'est-ce qui lui arrive ?

Elle regarda ses mains d'un air un peu confus :

— Barney... J'espère que vous ne croirez pas que j'ai pris ça comme excuse pour...

— Bien sûr que non, adorable poulette, fis-je en lui souriant. Mais qu'est-ce qu'il a, Cliffords ?

— Je me suis souvenu tout à coup que vous vous intéressiez à lui et j'ai pensé que ça vous amuserait peut-être de savoir...

Combien de temps allais-je pouvoir supporter ce supplice sans exploser ?

— Bien sûr, dis-je. Qu'est-ce qu'il a fait ?

— C'est une histoire complètement dingue, fit-elle. Le F.B.I. l'a arrêté !

CHAPITRE XIV

Dis quelque chose, pensai-je. Fais quelque chose. Ne reste pas là comme un imbécile. Elle te regarde. Mais c'est peut-être elle qui est folle. Peut-être qu'elle rêve et qu'il faut lui répondre : « Mon Dieu, pas possible ? » Nous étions sous trois mètres d'eau. Au moins trois mètres ; il avait perdu connaissance et il coulait au fond.

— Arrêté ? demandai-je d'un air stupide. Pourquoi ?

— Je vous ai dit que c'est une histoire de dingues, reprit-elle tranquillement. Vous aurez du mal à le croire. Vous vous souvenez d'un certain Haig qui a attaqué une banque, il y a un peu plus d'un an ? Il s'est enfui avec un tas d'argent et on a perdu sa trace...

Une escadrille d'avions à réaction vrombissait sous mon crâne et menaçait de le faire éclater.

— Je crois que j'ai lu ça quelque part. (Je m'entendais poursuivre la conversation et ma voix avait l'air normale.) Mais qu'est-ce que Cliffords a à voir là-dedans ?

— C'est lui qui avait l'argent, expliqua-t-elle avec la logique tranquille d'une fille folle à lier. Comment il l'a trouvé, c'est une longue histoire, mais, en tout cas, on l'a découvert et on l'a arrêté.

— Voyons, je ne saisis pas bien, interrompis-je. Vous voulez dire que le F.B.I. vous a appris son arrestation ?

— Non, dit-elle tranquillement. C'est M. Cliffords qui me l'a appris.

Tout d'un coup, je pigeai. Tous les morceaux du puzzle se rassemblèrent et j'eus le tableau complet devant les yeux. J'avais beau chanceler sous le coup, je dus admettre que l'histoire était belle, quoique terrifiante, belle à vous en couper le souffle. Cliffords m'avait expédié à la chaise électrique et la manière dont il s'y était pris était logique, et parfaitement prévisible si on le connaissait bien : il était fier d'avoir été arrêté par le F.B.I.

J'avais donc effectivement entendu un moteur.

— Racontez-moi ça, dis-je.

Il s'agissait de se comporter normalement et le mieux était sans doute de la faire parler. Comme ça, au moins, je me contenterais de l'écouter.

— Vous avez une cigarette ? demanda-t-elle.

— Bien sûr.

Nous en prîmes chacun une et je les allumai.

Elle me sourit avec une sorte de timide ravissement par-dessus la flamme du briquet ; elle poursuivit :

— Ce que ça peut être drôle ! Je veux dire que je n'ai jamais vraiment espéré vous connaître.

— Me connaître ?

— Oui. La première fois que vous m'avez vue, c'est quand je suis venue chercher ces moteurs. Je crois. Mais, moi, je vous avais vu bien des fois, à Wardlaw. Je passe de temps en temps la nuit en ville chez une amie. C'est une cousine à moi. Une de ses amies travaillait chez vous : Barbara Renfrew. Elle est très jolie, n'est-ce pas ? Elle a un de ces airs innocents...

— Je crois.

Je sombrai de nouveau dans la folie. Rien n'avait plus aucune importance. D'une manière ou d'une autre, Barbara Renfrew était entrée dans la danse et nous tournions tous en rond, comme dans un film de Laurel et Hardy : Haig, le F.B.I., Cliffords et la cousine de je ne sais plus qui. Non ; c'était en fait deux histoires différentes. Cette andouille au nom idiot était amoureuse de moi comme une fillette et, si je ne couchais plus avec Barbara Renfrew, elle était disposée à s'offrir.

— Et je trouve que votre femme est splendide, poursuivit-elle. Quand est-ce qu'elle rentre ?

Je jetai l'éponge. La seule chose à faire était de tout effacer et de repartir à zéro. Puis, soudain, mon esprit se remit à fonctionner et je me souvins d'une chose que j'avais négligée jusque-là. Au mieux, c'était l'esquisse d'un espoir improbable, mais je m'acharnai. Elle m'avait dit qu'elle trouvait Cliffords un peu louftingue.

— Ma femme ? Ah ! oui ! J'imagine qu'elle va

rentrer vers la fin de la semaine. Mais Cliffords, quand est-ce qu'il vous a raconté tout ça ?

— Hier soir, dans sa cabane.

— Et il était déjà arrêté ?

— Oui. C'est à ce moment-là qu'il m'a expliqué pourquoi. L'argent, je veux dire.

Je la regardai d'un air incrédule.

— Vous dites qu'il était déjà arrêté à ce moment-là ? Et les agents du F.B.I. lui ont permis de vous raconter son histoire ? Je croyais qu'un type arrêté n'avait le droit de parler qu'à son avocat.

— Non, répondit-elle. Il n'y avait qu'un seul homme du F.B.I., et il n'était pas là. Il s'était foulé la cheville en déterrant le magot et M. Cliffords était en train de lui fabriquer une béquille.

— Mais vous ne l'avez donc pas vu, ce type ?

— Non, je ne suis restée que quelques minutes.

— Tiens ! Cliffords vous a tout bonnement raconté qu'il était arrêté, alors qu'il se baladait en liberté ?

— Exactement, Barney. Voyez-vous, il était venu chercher une béquille et un pansement pour le type du F.B.I. qui était blessé et qui ne pouvait pas marcher.

— Tiens ! répétai-je d'un air perplexe. Ma foi, j'imagine... Après tout, je ne sais pas.

— Qu'est-ce que vous voulez dire ?

— Je pense à ce que vous m'avez confié à son sujet. Qu'il était un peu... vous savez. Peut-être qu'il a imaginé tout ça d'après une de ses bandes dessinées.

— Non. Il disait bien la vérité.

— Comment le savez-vous ?

— J'ai vu le veston de l'agent spécial sur le lit, pendant qu'on enveloppait le poisson. M. Cliffords m'a montré une partie de l'argent dans un sac en papier.

Bon. J'avais fait mon possible, mais ça n'avait pas marché. Elle n'avait pas besoin de preuves. Il lui suffisait de souffler dans un puits ; quelques heures plus tard, la moitié des agents du F.B.I. lâchés dans la région allaient se lancer à la recherche de Cliffords et l'autre moitié aux trousses de son assassin.

— Qu'est-ce que vous faisiez là-bas ? demandai-je.

Ça n'avait plus aucune importance, mais il fallait la faire parler. Peut-être que ça me donnerait des idées.

Elle tira sur sa cigarette et en secoua la cendre par la portière :

— Eh bien, quand je fais des courses pour lui, il m'arrive de lui rapporter ses emplettes, pour le plaisir de faire du bateau et m'échapper du camp quelques instants. Il me paie...

C'est comme ça qu'elle avait pu entrer en possession de l'autre billet de vingt dollars.

— Et puis, George et moi, nous nous étions disputés. Il était parti en ville. C'était un peu après mon retour d'Exeter. Il fallait que je bouge, sans quoi je serais devenue folle. Peut-être que j'avais un peu peur aussi. Il est parfois assez mauvais et je ne voulais pas me trouver là quand il rentrerait. Alors, comme il était déjà tard et que M. Cliffords n'était toujours pas venu chercher ses lunettes...

— Ses lunettes ?

— Oui. Le pauvre vieux ne peut pas lire un seul mot sans lunettes. Il avait fait tomber celles dont il se sert toujours et un des verres était cassé. Il croyait en avoir une paire de rechange, mais quand il s'est mis à les chercher... (Je fermai les yeux et poussai un soupir.) Toujours est-il qu'il s'est aperçu qu'il avait perdu l'autre paire. Alors, il est venu lundi matin me demander si je pouvais lui en acheter à Exeter. Vous vous souvenez, quand je vous ai téléphoné, c'est là que j'allais. Son ordonnance est déposée chez l'opticien Berg.

Julius Berg était probablement en train de s'en occuper tandis que j'essayais de lui vendre un bateau. Il fallait l'admettre ; comme œuvre d'art, c'était parfait. Pas un défaut ; le tableau était complet. Il possédait la beauté glaciale et fonctionnelle du cobra qui s'apprête à frapper.

— C'est si drôle, la façon dont ça s'est passé, dit-elle. Quand je suis arrivée, il avait préparé une valise et venait de la flanquer dans sa barque. Mais quand je lui ai donné ses lunettes, il les a prises et il est rentré dans sa cabane à toute vitesse pour lire son horoscope dans un de ses magazines. Vous savez, ses magazines d'astrologie. Ensuite, il est revenu et il m'a tout raconté. Il voulait s'enfuir, voyez-vous, mais il s'est aperçu que les astres n'étaient pas d'accord. Alors il a repris sa valise, il l'a défaite, et puis il m'a raconté toute l'histoire.

Je ne répondis pas. J'étais bien incapable de parler.

— N'est-ce pas que c'est drôle ? dit-elle. Il aurait pu s'enfuir, mais il n'a même pas essayé, parce que les astres étaient contre lui.

— Oui, fis-je d'un ton morne. Et qu'est-ce que George en pense ?

— Il n'en sait toujours rien, à moins qu'il n'en ait entendu parler en ville.

Je ne bronchai pas.

— Vous ne lui avez rien dit ?

Elle hocha la tête. Son regard était triste :

— Non. Nous nous sommes disputés, comme je vous l'ai dit. Et, depuis, nous ne nous sommes plus parlé.

« Ne te remets pas à espérer », pensai-je.

— Et les autres gens à qui vous en avez parlé, repris-je. Ceux qui le connaissent ? J'imagine qu'ils ont dû être surpris d'apprendre qu'il possédait tout cet argent.

— Les gens de Hampstead ne le connaissent pas. Vous êtes le seul à le savoir.

Je fus pris de faiblesse et j'eus envie de poser ma tête et mes bras sur le volant. Que faire ? Je n'avais aucun moyen de l'empêcher de raconter cette histoire et, dès l'instant où elle ouvrirait la bouche, où que ce fût, dans ce coin bourré d'agents du F.B.I., j'étais cuit.

Mais ne l'étais-je pas déjà ? En luttant, je prolongeais mon agonie. Non. Il fallait l'en empêcher. Mais comment ? Impossible de lui demander de se taire. Elle n'était pas bête à ce point. Elle devinerait.

Ma foi, j'avais bien fait taire Cliffords.

Je repoussai cette idée et j'éprouvai un sentiment de vide et de frousse. Je ne voulais pas la tuer, et je n'étais pas sûr d'y parvenir. Trop dangereux. Pourquoi ? me demandai-je froidement. Existait-il une situation plus dangereuse que celle où je me trouvais maintenant ? Si je la laissais repartir vivante, j'étais fichu. C'était clair.

— Il n'est pas rentré hier soir ? demandai-je.

— Si, mais tard.

Nunn ne savait donc même pas qu'elle était allée chez Cliffords. Attention. La sonnette d'alarme se mit à retentir. Une phrase qu'elle avait dite : *Envelopper le poisson*. Cette grosse perche que Cliffords avait pêchée, et qu'il avait, croyais-je, rejetée dans le lac.

— Vous avez dit quelque chose, il y a un instant, lui soufflai-je ; quelque chose au sujet d'un poisson. Qu'est-ce que ça a à voir là-dedans ?

— Oh ! C'était un gros poisson que M. Cliffords avait attrapé. Il a beaucoup insisté pour que je le prenne. Il m'a dit que George déciderait peut-être de le faire empailler pour l'accrocher au mur, dans le restaurant.

Nous étions revenus à notre point de départ.

— George ne vous a-t-il pas demandé d'où ça provenait ?

— Je n'ai peut-être pas été très gentille, dit-elle

en hochant la tête. Je ne voulais pas lui rapporter ce poisson. Mais je ne voulais pas blesser le pauvre vieux Cliffords. En rentrant, j'ai flanqué le poisson dans le lac.

Je me demandai combien de temps je pourrais supporter ce petit jeu sans devenir fou.

Il y avait un autre truc qui ne collait pas, mais ça n'avait peut-être pas d'importance. Cliffords m'avait dit qu'il téléphonerait à Jewell de sa prison, pour la prier de prendre le reste de ses affaires et de les vendre. Mais elle était venue le voir. Pourquoi ne le lui avait-il pas demandé à ce moment-là ? Peut-être n'y avait-il pensé qu'après son départ ? Il avait alors estimé que c'était inutile. Après tout, j'en avais soupé, du processus mental de Cliffords.

— George sait où vous êtes en ce moment ? demandai-je. Je veux dire : est-ce qu'il sait que vous êtes allée à Hampstead ?

— Non, il est sur le lac, avec un client.

En d'autres termes, c'était maintenant ou jamais. Personne ne savait où nous étions, l'un et l'autre. Il fallait agir vite. Pas question de perdre la journée à tâcher de me décider.

— Barney, fit-elle d'une voix assez basse, j'ai peur de lui quand il se conduit comme hier soir. Il croit qu'il y a quelque chose entre vous et moi. Nous savons bien que ce n'est pas vrai, mais...

Ça pourrait l'être. Pourquoi ne le disait-elle pas ?

Je compris tout à coup et je frissonnai en songeant que j'avais frôlé le désastre. Il y avait bien une issue, mais pas celle-là. S'il lui arrivait quelque chose, la police allait m'interroger aussi sec. J'avais oublié Otis. Il nous soupçonnait d'avoir une aventure, et Nunn aussi.

La véritable solution m'allait comme un gant. Ça collait absolument. Il s'agissait de l'emmener immédiatement, avant qu'elle trouve l'occasion de parler à qui que ce soit. M'enfuir avec elle. Bien sûr, les gens sauraient que nous étions partis ensemble, mais ça n'en était que mieux. Cette fuite à deux ne répondait-elle pas à toutes les questions que pouvait se poser Ramsey ? Je n'étais pas au courant de l'histoire Haig, j'avais bien autre chose en train : je courais après la femme d'un autre !

Je me retournai et pris son visage entre mes mains. Je la regardai farouchement dans les yeux :

— Vous dites vraiment la vérité ?

— Sur quoi, Barney ?

— Vous avez peur de lui ?

— Je ne sais pas. Je suis peut-être folle, mais...

— Il faut que vous le quittiez. On va partir ensemble.

— On... on ne peut pas, dit-elle, les yeux hagards.

— Si, fis-je brutalement. Ne retournez pas chez lui. Je ne le permettrai pas. S'il vous touche, je le tue.

Elle ne répondit pas. Je l'avais prise par surprise, il fallait en profiter.

— Jewell, je vous aime. Ça ne peut plus continuer comme ça. Vous voyez bien que je suis incapable de supporter une situation pareille.

— Mais... murmura-t-elle, ça fait à peine une semaine que vous me connaissez.

J'ôtai mes mains de son visage et me détournai :

— Je sais. Pas besoin de me le dire. Croyez-vous que je ne me sois pas répété mille fois que c'était fou et que ça ne pouvait pas se passer comme ça ? Mais écoutez, Jewell, il faut que je vous le dise. C'est comme ça. Je n'ai pas cessé de penser à vous depuis la minute où je vous ai rencontrée. Pourquoi suis-je allé au camp, à votre avis ? Ç'a été plus fort que moi. Il fallait que je vous revoie. Le temps ne fait rien à l'affaire. Ça arrive aussi bien en cinq minutes qu'en mille ans.

— Barney...

— Laissez-moi finir, je vous en prie. Il faut que j'essaie de vous expliquer ce qui se passe et pourquoi je ne peux plus vivre sans vous. Je sais que ce que je vous demande de faire est mal, car nous sommes tous les deux mariés, mais nous pourrions divorcer ensuite. Écoutez, Jewell, je vous vois partout où je vais. La nuit, je ne peux pas dormir et je vous vois. Je rencontre des femmes dans la rue, elles sont grandes et elles ont des yeux... (Gris, me dis-je.) de ce gris couleur de brume, ou bien un petit geste de la main, une attitude, un moment de grâce qui me fait penser à vous et alors, tout d'un coup, vous êtes avec moi. C'est tellement précis que je pourrais presque vous toucher. Est-ce que vous savez ce que c'est et combien de temps on peut vivre comme ça ?

Je lui jetai un coup d'œil. Ça marchait. Je le voyais bien à son visage frémissant, à son silence, à la douceur de son regard. Le reste n'était qu'une formalité.

— Je vous aime, Jewell, fis-je en l'embrassant.

Elle me prit par le cou et me serra sauvagement. J'embrassai ses paupières, fis courir mes lèvres sur sa joue, jusqu'à ses oreilles, et murmurai :

— Chérie, chérie, oh ! ma chérie.

*

— Mais, Barney, dit-elle, il faut tout de même réfléchir. Tout ça est trop rapide.

— Il n'y a pas à réfléchir. On part cet après-midi. Écoutez-moi, on ira en Floride. Nous pourrons y divorcer et nous nous marierons. J'ai un peu d'argent et je trouverai du travail. Vous ne vivrez plus dans ces marais, vous pourrez porter de belles robes et voir vos semblables.

— Très bien, Barney, fit-elle en se pelotonnant dans mes bras. Je sais que c'est mal, mais j'imagine que je ne peux rien y faire. Je vous suivrai n'importe où.

— Vous êtes merveilleuse.

— Voulez-vous que je vous retrouve à Sanport ? Je pourrais prendre le car.

— Non, je ne veux pas vous quitter si longtemps. Nous partirons ensemble. Nous rentrerons en ville, je toucherai un chèque et je mettrai mes affaires dans la voiture.

— Mais il faut que je fasse ma valise, dit-elle en s'écartant un peu pour me regarder.

— Je refuse que vous preniez la moindre chose. Je vais vous acheter des tas d'affaires et je choisirai tout moi-même.

— Mais j'ai des bijoux qui me viennent de ma mère, et des photos. J'ai une valise à prendre.

Je réfléchis à toute vitesse. Elle ne partirait probablement pas sans ces épaves et ces babioles sentimentales auxquelles les femmes s'accrochent toujours, avec l'entêtement pervers des mules. Ou alors, il faudrait discuter si longtemps que ça n'en valait pas la peine.

— Vous êtes sûre qu'il est sur le lac ? demandai-je. Inutile de nous exposer à une scène ou à une bagarre.

— Oui, fit-elle. Il est à la pêche avec un client. Il ne me faut que quelques minutes pour prendre mes affaires. Vous voulez que je vienne vous retrouver ici ?

— Je vous suis.

— Ce n'est pas nécessaire.

— À partir de maintenant, vous n'irez nulle part sans moi, mon ange blond. (Du moins, pas avant que nous ayons quitté ce pays.) Et d'ailleurs vous abandonnerez la voiture au camp.

— Très bien.

Elle conduisit vite. Je restai dans son sillage. Nous ne rencontrâmes personne sur la route, mais lorsque nous prîmes le chemin et que nous arrivâmes en vue du camp, nous dûmes nous ranger pour laisser passer une voiture. Un homme était au volant. Il portait une casquette de pêcheur à longue visière. Je fronçai les sourcils ; ça ne me disait rien qui vaille. Elle devait savoir si c'était le client de son mari. Elle continua sa route ; je la suivis.

Nous prîmes le dernier virage et entrâmes dans la clairière. Tout était calme et désert. Je ne vis qu'une Ford neuve, garée près des cabines. Elle s'arrêta et je fis demi-tour, pour pouvoir repartir plus vite.

Nous sortîmes de voiture ; je désignai la Ford.

— C'est l'auto du client de votre mari ?

— Je n'en suis pas sûre, fit-elle d'un ton hésitant. Il y avait deux clients, et l'un est allé pêcher tout seul. Je ne sais plus à qui elle appartient, cette voiture.

— Ma foi, nous voici arrivés. Terminons-en.

Nous nous dirigeâmes vers le restaurant. La porte était ouverte.

— Je l'avais fermée en partant, dit-elle.

On n'y pouvait rien. Si nous tombions sur Nunn, ça allait être bien plus difficile, du fait que j'étais avec elle, mais c'était comme ça. Pas question de la laisser causer au premier venu avant d'avoir quitté le pays. J'ouvris la double porte et nous entrâmes dans la pièce, qui était vide. « Il est peut-être derrière », pensai-je, mais il nous aurait probablement entendus et serait déjà sorti. Elle hésita et je compris qu'elle n'avait guère envie d'aller y voir, mais je ne pouvais l'aider. C'était déjà assez moche comme ça, mais s'il arrivait et nous trouvait tous les deux dans la chambre à coucher, les choses allaient se gâter. Il n'avait guère l'air du type qui prend les choses à la bonne franquette.

— Quel silence ! fit-elle.

Ça m'avait frappé aussi et d'habitude j'aimais mieux le bruit. J'allais répondre lorsque la porte s'ouvrit lentement derrière nous. Il entra. Dieu seul sait où il s'était caché. Dans les meilleurs moments, il avait déjà une tête à râper les noix de coco, mais en ce moment il exprimait une fureur qui ne me disait rien de bon.

Il ne souffla mot. Il s'était appuyé contre le chambranle de la porte, l'air menaçant. Ça lui allait bien.

— Je m'en vais, George, fit-elle derrière moi.

Il resta immobile ; ses lèvres seules bougèrent :

— Tu t'imagines que tu seras mieux avec ce Don Juan ?

— Je m'en vais, dit-elle. C'est tout ce qui compte, n'est-ce pas ?

— Je vous souhaite une baraque avec une issue de secours, fit-il, pour que vous ne perdiez pas la main.

— Écoutez, Nunn, interrompis-je. Il n'y a pas eu...

— Ta gueule, dit-il. Je vais m'occuper de toi dans un instant.

— Allez faire votre valise, dis-je à Jewell. Vous lui avez dit que vous partiez. Ça suffit comme ça.

Elle s'éloigna et disparut par la porte qui s'ouvrait derrière le comptoir. Il s'avança vers moi. Je lui barrai le chemin ; je me trouvais entre le comptoir et la vitrine.

— Elle a peur de vous, dis-je. Restez où vous êtes et laissez-la tranquille.

Je compris qu'il n'avait pas de revolver. Il ne portait qu'un pantalon de toile et un maillot trempé de sueur. Il ressemblait à une statue taillée dans du bois noueux.

— Tu as l'air d'avoir oublié qui c'est le patron, ici, fit-il.

— Non, mais pourquoi continuez-vous à vous conduire comme un imbécile ? Elle part, c'est tout. Ça arrive tous les jours.

— Oui, surtout avec des gars dans ton genre.

Il ne fit aucun geste hostile, mais il s'avança vers le comptoir et se pencha au-dessus. Quand il se redressa, il brandissait un couteau de chasse. Une sale lame de vingt centimètres.

Il s'approcha de moi.

— Ça te dit, de voir tes tripes à l'air ?

Il ne badinait pas. Ce n'était pas son genre. Je reculai d'un pas. Il n'y avait aucune arme sous le comptoir ou dans la vitrine que je puisse empoigner. Je commençais à avoir les foies. Encore un pas en arrière et j'allais me trouver dans le corridor de l'autre côté de la porte, et dans la mêlée qui s'ensuivrait, je finirais bien par écoper d'un coup de lame.

Un objet s'insinua entre mon flanc et mon bras

droit. C'était un 45 automatique. Elle me le tendait. Je m'en saisis et le braquai sur lui. Au lieu de s'arrêter, il s'élança sur moi. Je me doutais bien que le chargeur était vide. C'était le revolver de Nunn, bien entendu, et si elle l'avait armé, nous l'aurions entendu. Le temps me pressait. Je lui expédiai le revolver sur la tempe et j'eus la veine de le toucher. Il tomba sur moi comme une masse et s'effondra. Elle poussa un cri, derrière mon dos.

— Allez-vous-en ! criai-je.

Mais elle passa devant moi, enjamba le corps de Nunn et se réfugia derrière le comptoir. Elle s'écroula sur l'un des tabourets et enfouit son visage entre ses bras. Une simple faiblesse.

Je me penchai sur lui et touchai la blessure, au-dessus de l'oreille gauche. Pas de fracture. Il grogna et remua les jambes. Je pris le couteau et le jetai sur une étagère, derrière le comptoir. Je me relevai et manœuvrai la culasse du 45 ; une balle s'en éjecta. Je le regardai et il hocha la tête. C'était un dur. Il faut du courage pour foncer sur un revolver qu'on sait armé.

— Il y a d'autres armes dans le coin ? demandai-je.

Elle se redressa. Elle était pâle mais très calme. À mon avis, comme cassage d'assiettes, ce n'était pas au point. Mais pour ma part, j'en avais soupé. Je n'avais jamais eu beaucoup de goût pour les exercices musculaires.

— Deux, dit-elle. Un fusil de chasse et un revolver.

— Mieux vaut que vous me les refiliez.

C'était un 30,30 et un fusil. Modèle 12. J'allai les balancer dans le lac, au bout de la jetée. C'était une honte de traiter ainsi d'excellentes armes, mais la mesure était comble. Ils se seraient probablement séparés tranquillement si elle avait été seule, mais après cette humiliation, il nous tuerait s'il le pouvait.

Je regagnai la maison. Elle se tenait sur le seuil, sa petite valise à la main. Je jetai un coup d'œil à l'intérieur, il remuait. Il s'était adossé au mur et il essayait de se relever. Un filet de sang coulait sur son cou tendineux et son maillot de corps. Il me regarda en silence. Je fis demi-tour et sortis. Elle mit sa valise dans la voiture. Je me retournai vers lui avant de laisser la porte se refermer. Il était debout : il s'accrochait péniblement au rebord du comptoir et vomissait sur ses chaussures.

Comme je m'installais au volant, j'entendis la porte claquer. Il s'avançait en chancelant dans notre direction ; je tirai sur le starter. Il s'arrêta à trois mètres et nous regarda. Sans parler du sang et des traces de vomi, son visage était horrible.

La situation ne se prêtait guère à la conversation. Je démarrai et on quitta le camp de pêche.

CHAPITRE XV

Je m'arrêtai pour flanquer le 45 dans les bois, au bord de la route.

— Merci, dis-je ; je suis désolé que ça se soit passé si mal.

— Ça ne fait rien, fit-elle.

Elle s'était un peu remise, mais elle ne voulait pas en parler. Moi non plus. Je réfléchissais à toute allure en lançant la voiture sur la route de Hampstead. Il fallait agir vite, de la manière la plus naturelle possible. Si nous prenions la fuite ensemble, nous n'allions quand même pas le crier sur les toits. Nous allions nous retrouver quelque part et nous en aller, en sachant bien que tout le monde le saurait quelques heures plus tard. Pas question qu'elle bavarde avec personne, sous aucun prétexte, avant d'avoir quitté le pays. La seule chose à faire était de l'emmener à la maison et de l'y laisser, tandis que j'irais toucher mon chèque et passerais une dernière fois au magasin.

On ne la verrait pas nécessairement entrer chez moi. Les maisons voisines étaient anciennes et d'allure discrète. Elles étaient bâties sur de vastes terrains, plantés de nombreux arbres et entourés de palissades. Je la ferais entrer par-derrière. Non. Pourquoi être aussi bête ? Abuser du mystère reviendrait à exagérer dans l'autre sens. Nous nous contenterions d'entrer directement dans le garage, d'en sortir par la petite porte et de passer dans la cuisine. Il n'y avait que quatre ou cinq pas à faire et seuls les gens de la maison d'en face pourraient nous voir. Si Mme Macklin était à sa fenêtre à ce moment-là, qu'est-ce que ça pouvait faire ? De la discrétion, d'accord, mais pas d'allures furtives. Mme Macklin aurait ainsi l'occasion de blablater après notre départ et de nous débiner tout son saoul.

J'atteignis la nationale. Elle posa sa main sur la mienne et s'approcha un tantinet. Elle me regarda et dit en souriant :

— Ça ne prendra pas trop longtemps, n'est-ce pas, Barney ? Je parle de notre départ.

— Non. Une heure ou deux au plus. Ça ne te fait rien de m'attendre chez moi ?

— Rien du tout, répondit-elle en hochant la tête.

J'arrivai dans les faubourgs de la ville et fis un détour pour prendre la rue Minden par l'autre bout. La maison était la seconde, passé le coin de Underhill, une petite rue qui la coupait à angle droit. Je m'engageai dans Underhill et débouchai dans l'allée. La porte du garage était ouverte. J'y entrai.

— Reste tranquille une seconde, fis-je en lui tapotant la main.

Je refermai la porte du garage et gagnai la porte d'entrée. Je traversai la maison, ouvris la porte de la cuisine et réintégrai le garage. Elle avait déjà quitté la voiture et attendait, sa valise à la main. Je m'en saisis et suivis Jewell à l'intérieur.

Les rideaux étaient tirés dans la cuisine et les jalousies baissées dans le salon et la salle à manger. Nous traversâmes le salon et je posai sa valise à terre.

Elle mit son sac sur une petite table roulante et se retourna. Je l'attirai à moi et l'embrassai sur les lèvres, puis les paupières :

— Ma chérie, ma chérie. Ce ne sera pas long, murmurai-je avec ravissement à son oreille.

Je songeai qu'elle ne tenait sans doute guère à des démonstrations excessives dans cette maison, vu les circonstances et le pain que nous avions sur la planche.

Elle s'abandonna dans mes bras un instant, puis se dégagea, le souffle court, l'air confuse mais heureuse.

— Non, Barney, non. Dépêchons-nous de partir.

— Très bien, ma chérie, dis-je. Installe-toi.

Elle s'assit sur le sofa, près du pick-up, et prit une cigarette dans son sac. Je la lui allumai.

— C'est si merveilleux, dit-elle en souriant, que je crois rêver.

Je me dirigeai vers l'escalier, puis m'arrêtai ; une idée venait de me frapper.

— Dis-moi, comment as-tu appris que ma femme était partie ?

— C'était dans les journaux, gros bêta ! me dit-elle en souriant. Tu ne les lis jamais ?

— Tiens donc !

Je grimpai l'escalier. Tel était l'avantage d'avoir une femme riche. On pouvait toujours, en lisant le journal, savoir ce qu'elle fabriquait. J'attrapai deux de mes valises dans le placard du corridor, les portai dans ma chambre à coucher et me mis à y entasser des vêtements. En moins de dix minutes, je me rendis compte que je n'arriverais jamais à y loger le quart de mes effets personnels et j'avais besoin de la malle pour y fourrer l'argent. C'était la seule qui fermait à clé.

Ma foi, pourquoi ne pas expédier la malle par le train ? Je pouvais fourrer l'argent dans l'autre valise, me débarrasser de la plupart des saloperies qui encombraient la malle et y mettre ce que je désirais emporter. Je la laissais sur le porche de la cuisine et je téléphonais aux chemins de fer de venir la prendre pour l'expédier à Miami. Oui, c'était la solution.

Je sortis l'autre valise du placard et dévalai l'escalier.

Jewell était toujours sur le sofa. De l'index et du pouce de la main droite, je formai le cercle.

— Ça gaze, fis-je en me dirigeant vers la cuisine.

Elle sourit et ne bougea pas. Je me retournai en passant le seuil de la salle à manger : elle me regardait avec curiosité.

Descendu au sous-sol, je tirai la malle et l'ouvris. Au moment où j'allais la vider, je jetai un coup d'œil à ma montre. Je poussai un sifflement. Il était deux heures vingt, la banque fermait dans dix minutes et il fallait tirer ce chèque. Certes, je disposais de plus de cent mille dollars et je pouvais liquider mon compte plus tard, de Floride, mais qu'est-ce qu'en penserait le F.B.I. s'il s'intéressait à mes mouvements et si je partais sans argent ? Il y avait des chances que cela me mette dans une sale situation. Je refermai brusquement la malle et remontai l'escalier.

— Il faut que je passe à la banque avant la fermeture, lui criai-je de la porte de la salle à manger. Je reviens dans cinq minutes, chérie.

— Oui, dépêche-toi, Barney, fit-elle en souriant et en levant la main vers moi.

Je sortis par la porte de la cuisine et pris la voiture au garage. J'eus la veine de pouvoir me ranger en face de la banque.

Je fis rapidement le calcul de mon compte en banque et tirai un chèque de six cent quarante dollars. Arthur Pressler me donna la somme en billets de cinquante et de vingt, leva le nez comme pour me demander pourquoi je liquidais mon compte, puis se dit que la curiosité était un vilain défaut. Je jetai un coup d'œil à ma montre et passai chez Joey avaler une tasse de café.

C'était un gros homme jovial, qui possédait environ six ou sept cheveux très longs qu'il ramenait en diagonale sur une tête aussi lisse et luisante qu'une boule de billard. C'était un fusil magnifique ; j'avais chassé la caille avec lui bien des fois.

— Hé ! Barney, me dit-il en riant. Qu'est-ce que tu fabriques avec ces farceurs du F.B.I. ?

C'est tout juste si je ne renversai pas ma tasse.

— Pourquoi ? demandai-je.

— Y a un type du genre calme qui s'appelle Ramsey. Ça fait deux fois qu'il vient me trouver pour obtenir des renseignements sur toi. D'où tu viens, depuis combien de temps tu es là, un tas de questions. Tu t'engages dans les Forces Fédérales ?

— Quelque chose comme ça. Mais ce n'est pas encore sûr.

— Ma foi, ils te prendront, avec tout le bien que je lui ai dit de toi. « Vous croyez que ce gars-là n'est pas honnête ? que je lui ai dit. Ça fait plus de deux ans qu'il est ici et on n'a pas ça à lui reprocher. »

— Tu es un vrai copain.

Je posai une pièce de dix *cents* sur le comptoir et sortis ; j'étais mal à l'aise, sans bien savoir pourquoi. Ramsey n'avait pas l'ombre d'une piste. Voilà pourquoi il se baladait en ville en posant des questions stupides. Il était dans le noir : les douves étaient remplies et le pont-levis relevé. Et pourtant, ça ne me disait rien de bon. Ça me rendait nerveux de le voir arriver sur mes talons dès que je faisais un geste, comme si le don d'ubiquité était une fin en soi.

Je me rendis au magasin. Il était trois heures moins vingt. Au moment où j'entrai, Otis était devant la vitrine pour surveiller la porte. Il passait de la cire sur la quille d'un bateau. En me voyant arriver, il regagna l'escalier. Je jetai un coup d'œil sur le magasin et me demandai pourquoi j'y étais revenu. Je n'avais rien à y faire. Otis avait une clé. Il pouvait ouvrir la boutique le matin et, quand il ne me verrait pas revenir, il demanderait à son fils de lui donner un coup de main. Il ferait marcher la turne jusqu'au retour de Jessica. En fait, il était tout à fait capable de gérer la boîte. Il connaissait bien les affaires et il était si honnête que Diogène aurait pu le trouver la nuit sans le secours de la lanterne. Il ne s'y entendait peut-être pas à rameuter la clientèle, ni à faire la publicité adéquate pour qu'on parle de lui et de sa boîte, mais il saurait parfaitement faire marcher la boutique. Pourquoi ces réflexions ? me dis-je. Qu'est-ce que ça pouvait bien me foutre, ce qu'elle ferait de la boîte ? De la pâtée pour les chats, si ça lui chantait !

J'entendis un crissement de pneus sur le gravier et me retournai. Ramsey sortait de sa voiture, une serviette à la main. « Le voilà qui se multiplie, me dis-je. Il doit y avoir quelque part une machine à fabriquer des Ramsey et on la laisse tourner toute seule. » Ma foi, dans une heure d'ici, il pourrait toujours aller empoisonner quelqu'un d'autre.

— Bonjour, monsieur Godwin, dit-il en entrant, de sa voix tranquille et courtoise.

— Bonjour, monsieur Ramsey.

Nous aurions dû boire des diabolos-menthe

ensemble, comme les stratèges du café du commerce.

— J'espérais bien vous voir.

Qu'est-ce qu'il voulait dire ? Est-ce qu'il sous-entendait que je m'absentais exagérément ou pensait-il que j'essayais de l'éviter ?

— J'aimerais vous prendre quelques minutes de votre temps, si vous n'êtes pas trop occupé.

— À votre disposition.

Nous revînmes au bureau et je m'assis dans mon fauteuil à bascule. Il s'installa dans celui d'en face et ouvrit sa serviette.

— Je suis désolé de vous embêter tout le temps dans votre travail, dit-il, mais j'espère toujours que nous retrouverons la personne qui vous a donné ce billet de vingt dollars. Ce qui m'intrigue, c'est qu'un seul billet ait été mis en circulation. Il aurait dû y en avoir d'autres, dans la région.

— La seule explication, répondis-je après avoir réfléchi, c'est que mon client n'était pas d'ici.

Je me demandais ce qu'il était advenu des billets que j'avais cachés dans le car. Ça devait commencer à circuler, à présent.

— Oui, bien sûr. C'est une explication. Parmi d'autres.

« Je comprends où vous voulez en venir, monsieur Ramsey. Voilà le hic. Autrement, vous ne m'auriez pas dit qu'il n'y en avait pas d'autres. Le F.B.I. ne passe pas son temps à vous refiler des tuyaux, comme les commères. Vous voulez dire qu'il aurait dû y avoir d'autres billets si la personne qui avait écoulé celui-là n'avait pas été informée que le F.B.I. était à ses trousses. »

— Ma foi, dis-je d'un air enjoué, voyez-vous une autre piste ? Je me suis trituré la cervelle au point d'en avoir le tournis.

— Non, mais je voulais vous demander, comme à tous les commerçants de la région, de faire attention à tous les billets neufs ou vieux sur lesquels vous noterez des taches suspectes.

— Des taches ?

— Oui, des taches d'un brun rougeâtre, comme de la rouille, si vous en trouvez un, je vous serais reconnaissant de nous appeler immédiatement et de repérer la personne qui vous l'a donné.

— Bien sûr. Et avec ça ?

— Encore d'autres photos, fit-il en souriant, si vous avez une minute.

Il devait en avoir un peu plus d'une cinquantaine. Ce n'était que des photos bidons, j'en étais presque certain, mais je les examinai soigneusement, bien que je fusse impatient de me tailler. La photo de Haig était parmi elles.

— J'ai comme une vague impression d'avoir vu ce type-là quelque part, dis-je. Mais je ne sais pas où ni quand.

— Tiens ? Récemment ?

— Non. Je n'en suis même pas sûr, mais si je l'ai vu, ça doit faire assez longtemps.

Il remit ses photos dans sa serviette, se leva et me tendit la main.

— Je vous remercie de votre collaboration, monsieur Godwin. Nous vous en sommes reconnaissants.

— Je vous en prie. Je voudrais pouvoir vous aider davantage.

Nous nous serrâmes la main et je le raccompagnai à la porte.

Il s'arrêta et se retourna avant de sortir. Je me tins immédiatement sur mes gardes ; s'il voulait me lancer une bombe, c'est ainsi qu'il s'y prendrait. Ça ne manqua pas.

— J'espère toujours aller pêcher en octobre, dit-il. Qu'est-ce que vous pensez du lac Javier ?

— Ma foi, je n'y vais pas souvent, mais on dit que c'est assez bon, surtout lorsque l'eau fraîchit.

— Merci du renseignement.

Il s'en fut. Je m'immobilisai près de la vitrine et me mis à réfléchir activement. Je n'étais peut-être qu'un jouet entre leurs mains. Ils me soupçonnaient peut-être, pour une raison inconnue, tout en sachant qu'ils auraient du mal à trouver des preuves. Ne tâchaient-ils pas de me faire peur, pour m'inciter à fuir, imaginant que j'avais l'argent et qu'il leur suffisait de fouiller ma voiture ? Il fallait laisser l'argent ici, le cacher quelque part, ou même l'enterrer. Je reviendrais dans six mois ou un an, lorsque l'affaire se serait tassée. En fait, ça ne prendrait pas si longtemps. Dès qu'ils comprendraient que c'était après la fille que j'en avais...

Je m'arrêtai. S'ils fouillaient la voiture, *elle* serait dedans. *Vous cherchez l'argent de M. Haig. Ma foi, je croyais que vous l'aviez trouvé en arrêtant M. Cliffords*. Oh merde !

Très bien, j'avais la fille, mais qu'est-ce que j'allais faire d'elle ? La fourrer dans un car, du moins jusqu'à Sanport ? Je jetai un coup d'œil à ma montre. Il y avait un car dans moins de dix minutes, mais elle risquait de bavarder avec des gens d'ici. Quelle solution était la moins dangereuse ? Attends ! Si elle n'était pas avec moi, quel mobile allaient-ils inventer à ma fuite ? Non. Il fallait qu'elle soit dans la voiture. Avec moi. C'était la seule issue. En fait, il était probable, s'ils m'arrêtaient, qu'ils ne nous diraient même pas ce qu'ils cherchaient. Ils se contenteraient de fouiller.

En tout cas, il fallait me débarrasser de cet argent avant notre départ. Je dénicherais dans la maison un emballage imperméable pour l'envelopper, et l'emporter quelque part à la campagne. Je raconterais à Jewell que j'avais une dernière course à faire. Elle m'attendrait à la maison. Mais il ne fallait pas traîner. Allais-je rester planté là toute la journée ?

J'appelai Otis. Il passa la tête par la porte de l'atelier.

— Je rentre à la maison, dis-je, je ne reviendrai sans doute pas.

— Très bien.

Je sortis. Au moment où je montais dans ma voiture, garée au coin du magasin, je crus entendre le téléphone sonner, mais je m'abstins de revenir sur mes pas. J'avais encore trop de choses à régler pour perdre mon temps au téléphone. Otis se précipita vers la porte du magasin et me fit de grands signes au moment où je démarrais, mais je regardai droit devant moi, en feignant de ne rien voir. Au diable ce coup de fil ! C'était sans doute sans importance. Au moment où j'atteignais la rue et m'apprêtais à tourner, je dus laisser le passage à une voiture qui arrivait sur ma gauche. C'était une auto de la police municipale. Au lieu de passer, elle s'arrêta à côté de moi.

C'était Grady Collins, le shérif de Wardlaw, un jeune gars solide au visage sympathique, dans les vingt-cinq ans, un ancien fusilier-marin de la guerre de Corée. Il repoussa sa casquette blanche sur sa nuque et sourit :

— Salut, Barney, j'allais justement chez toi.

— Qu'est-ce qui se passe, Œil-d'Aigle ?

Pourquoi n'a-t-on pas encore inventé un onguent qui rendrait les flics allergiques à ceux qui s'en enduiraient ?

— Tu ne connais pas un type du nom de Nunn, George Nunn ? Il a un camp de pêche au lac Javier.

Qu'est-ce qui se passait ?

— Ma foi, je l'ai aperçu une ou deux fois. Pourquoi ?

Avant qu'il puisse répondre, j'entendis des pas précipités sur le gravier, derrière moi, et me retournai. C'était Otis.

— C'est une communication de Felton, dit-il.

Je ne connaissais personne à Felton et je n'avais envie d'y connaître personne.

— Demande à la poste de la faire passer chez moi dans cinq minutes. Merci, Otis.

Il s'en fut.

— Qu'est-ce qui se passe à propos de Nunn ? demandai-je à Collins.

Je me faisais l'effet d'un homme qui essaie de cavaler dans un lac de mélasse. Si je réussissais à quitter ce patelin, je prendrais de longues vacances.

— Je ne sais pas. Il a l'air un peu chinois. Il a téléphoné il y a un moment en racontant des salades. Il dit que sa femme est avec toi. Il veut qu'on l'arrête pour qu'il puisse lui parler. Il demande que nous la lui ramenions.

Quel était le but de Nunn ? Je pigeai. Il tâchait de nous retarder, le temps de se procurer un autre revolver pour nous prendre en chasse.

— Avec moi ? fis-je. D'où est-ce qu'il téléphonait ? D'une fumerie d'opium ?

Collins sourit et secoua la tête :

— Je n'en sais rien, vieux. En tout cas, tu ne l'as pas vue, hein ?

— Non.

— Eh bien, c'est ce que j'ai répondu à cet imbécile. Et j'ai ajouté que, de toute manière, je ne pouvais pas arrêter sa femme, à moins qu'il porte plainte. S'il rappelle, je lui dirai d'aller se coucher. Quel métier, mec !

— À bientôt, dis-je.

Il sourit et me salua d'un geste.

Je traversai la grand-rue au feu vert et arrivai à la maison en moins de deux minutes. Je garai la voiture, abaissai le rideau du garage et me dirigeai vers la porte d'entrée. Comme je gravissais les marches du perron, je me souvins que je n'avais pas téléphoné aux chemins de fer. Ma foi, il s'agissait de le faire maintenant. Mon Dieu ! ficherais-je le camp un jour ? Et dans quoi envelopper cet argent ? Il fallait un sac imperméable. Et que j'invente un bobard pour Jewell. Une autre course à faire.

J'entrai dans le salon et fus surpris de ne pas l'y trouver.

— Jewell !

Je n'obtins pas de réponse. Elle était peut-être montée à la salle de bains. Je l'appelai un peu plus fort, mais seul le silence me répondit. J'avisai deux mégots tachés de rouge à lèvres dans un cendrier. Je gagnai la salle à manger. Sa valise était posée au pied de la table. Je m'avançai et jetai un coup d'œil dans la pièce. Elle n'y était pas, mais deux chaises étaient renversées ; une de ses chaussures traînait près de l'une d'elles.

Je fonçai. Je grimpai l'escalier quatre à quatre et débouchai dans la chambre à coucher si vite que je faillis perdre mon équilibre et m'aplatir contre le mur. Elle gisait sur le lit et sur le dos, les vêtements arrachés, le fil de mon rasoir électrique passé autour du cou. Je m'appuyai en chancelant contre le mur et me retins de vomir.

Le téléphone se mit à sonner en bas.

Mes mains tremblaient ; je m'accrochai au mur. Il fallait se tailler. Je m'efforçai de réfléchir. « Il faut faire quelque chose, me dis-je. Ne plus penser à ce cadavre, appeler la police. » Le téléphone sonnait toujours.

Je me détachai du mur, petit à petit, en hésitant, car je n'étais pas sûr de pouvoir tenir debout, ni même de continuer à respirer sans m'appuyer au mur. Il fallait appeler la police pour qu'elle arrête l'assassin avant qu'il ait quitté le pays. Je sortis de la pièce et me mis à descendre l'escalier. À mi-chemin, je m'arrêtai ; je m'étais réveillé de mon engourdissement. Appeler la police ? Qui la trouverait étranglée dans ma chambre à coucher, le fil de mon rasoir électrique au cou, en l'absence de ma femme. Ses vêtements étaient déchirés, elle s'était débattue comme un diable. Nunn n'avait rien laissé au hasard.

Je me retrouvai, je ne sais comment, au pied de l'escalier. Le téléphone sonnait toujours, la sonnerie s'arrêterait peut-être si je décrochais, mais rien n'était moins sûr. Je pris l'appareil.

— Monsieur Godwin ? fit une voix de femme enjouée. Nous avons une communication pour vous, de Felton.

— Je ne connais personne à Fel...

— Barney, mon chéri ! (C'était Jessica.) Oh ! ça me fait plaisir de t'entendre.

Je m'assis sur le bras d'un vaste fauteuil.

— Où ?... commençai-je. (Je m'arrêtai soudain ; un raisonnement venait de m'apprendre que si elle appelait de Felton, il y avait des chances pour qu'elle s'y trouve.) Comment vas-tu ? demandai-je stupidement.

— Très bien, mon chéri. Je meurs d'envie de te retrouver. Je rentre. Je serai là dans une heure. Je me suis arrêtée ici pour avaler une tasse de café et j'ai pensé à te téléphoner pour t'annoncer mon retour.

— Tu seras ici dans une heure ? (Je pouvais comprendre n'importe quelle idée si on me la répétait deux ou trois fois.) Bon. C'est parfait.

— Mon chéri, mon beau, mon grand, mon gentil chéri. J'accours, mon chéri. Je serai là dans un instant. Je voulais t'avertir. À tout de suite.

— À tout de suite.

Je raccrochai. J'appréciais la beauté du geste. Après m'avoir, pendant deux ans, accusé de faire la cour à toutes les femmes de ce trou perdu, elle m'avertissait pour me donner le temps de me débarrasser des filles avec qui je me trouvais ; elle ne tenait pas à en voir une sous son toit, ce qui aurait causé une bagarre. Ce sont les initiatives de ce genre qui rendent la vie conjugale possible.

CHAPITRE XVI

Les événements se déroulaient si vite que je n'en étais plus maître. Je me cachai le visage entre les mains et m'efforçai de réfléchir. Avais-je la moindre chance de convaincre les flics ? Je n'avais pas une seule égratignure, ce qui plaiderait en ma faveur. Mais Nunn non plus. Il avait dû prendre ses précautions. Il avait probablement frappé le premier et elle avait dû s'évanouir, en bas, dans la salle à manger, puis il avait maquillé la scène. C'était ma parole contre la sienne. Je pourrais leur montrer les fusils jetés au fond du lac et la bosse qu'il portait à la tempe. Mais qu'est-ce que ça prouvait, en définitive ? Rien, sinon que nous nous étions battus et que sa femme s'était enfuie avec moi. Il n'en restait pas moins qu'il avait téléphoné à la police pour tâcher de la faire arrêter, pour la raisonner et la convaincre de rentrer chez lui. Et, moi, j'avais affirmé au policier, *après sa mort, dans ma chambre à coucher*, que je ne l'avais pas vue.

Il avait bien monté son affaire. Je l'avais toujours sous-estimé. Il savait que je nierais et il avait probablement téléphoné à Grady d'ici. Bon Dieu ! Comment avais-je été assez stupide pour laisser Jewell dans cette baraque ; je savais pourtant que c'était le premier endroit où il se pointerait. Elle savait que Jessica était partie pour l'avoir lu dans le journal. Est-ce qu'il ne savait pas lire, lui aussi ?

Non, ma seule chance était de la sortir d'ici, et je disposais de moins d'une heure. Ça n'allait pas être facile de la balader en plein jour. Comment la transporter jusqu'au garage ? Je poussai un juron. J'aurais tout le temps de m'en inquiéter, le moment venu. Pour l'amour du Ciel, il fallait s'y coller ! Je cessai de réfléchir et fonçai vers l'escalier. Je dus me forcer pour entrer dans la chambre, mais il fallait lui ôter ce fil avant de la recouvrir. Le fil faisait deux fois le tour de son cou et il était noué sur la nuque. Je dus regarder son visage. Elle devait être inconsciente quand il l'avait étranglée. C'était peut-être plus facile ainsi, qui sait ?

Je dégageai le fil et le ramenai dans la salle de bains. Je regagnai le corridor et sortis une couverture de l'armoire à linge. Je l'étendis sur le plancher à côté du lit et déposai Jewell dessus. Le corps n'était pas encore raide et il était difficile à manipuler. J'arrangeai ses vêtements du mieux que je pus, puis je m'attaquai aux sous-vêtements. Elle portait encore son soutien-gorge et je découvris sa culotte dans les plis du dessus de lit. Je me souvins qu'elle ne portait pas de bas, elle n'avait donc pas de gaine. Mais il devait y avoir une de ses chaussures dans la pièce. Je la découvris sous le lit.

Je descendis l'escalier, ramassai la chaussure qui se trouvait dans la salle à manger et sortis une pelote de ficelle d'un tiroir de la cuisine. Je reprenais mes esprits : j'avais retrouvé ma lucidité, mais la nécessité de faire vite me harcelait de plus en plus, à mesure que les minutes passaient. Il n'y avait pas un instant à perdre et je me rendais parfaitement compte que je me trouvais dans une situation qui ne tolérait pas la moindre erreur. Si je faisais un faux pas, ce serait le dernier. En remontant à l'étage, je m'arrêtai au salon, pris son sac et les deux mégots de cigarette qui traînaient dans le cendrier, ceux qui étaient maculés de rouge à lèvres. Je les posai avec les chaussures et la culotte à côté d'elle, sur la couverture. Je repliai celle-ci des deux côtés et aux deux extrémités. J'étais soulagé de n'avoir plus à la regarder. Je passai plusieurs fois la ficelle autour du cadavre pour assujettir la couverture.

Puis je m'occupai du lit. Il y avait fort peu de sang ; il avait abîmé son visage, mais sans l'égratigner. Je notai deux petites taches et une un peu plus grande sur le dessus de lit ; en un endroit, le sang avait traversé les deux draps. Je les tirai hors du lit, lavai les taches dans la salle de bains, et les fourrai dans le sac à linge de Reba. Je pris des draps propres et un autre dessus de lit dans l'armoire à linge et je refis le lit.

Je remis les deux valises que j'avais préparées dans le placard du corridor. Celle qui se trouvait au sous-sol n'avait pas d'importance. Jessica rentrerait bien avant moi, mais elle n'y descendrait pas. Je jetai un dernier coup d'œil dans la pièce. Tout était en ordre. J'empoignai mon paquet, non sans difficulté, le descendis au rez-de-chaussée et entrai dans la cuisine. Je le posai près de la porte, sortis et refermai derrière moi.

Je calculai la distance : deux pas sur le porche, deux autres jusqu'au jardin, puis trois longues enjambées pour atteindre la porte latérale du garage. Vu la situation de la propriété, des arbres derrière, la maison et le garage dissimulant les flancs, on ne pouvait m'apercevoir que de la rue ou de la maison de Mme Macklin, en face. Je passai du garage au porche de la cuisine et jetai un coup d'œil sur les fenêtres de Mme Macklin. Pas de rideaux aux fenêtres du salon, ni à celles des deux chambres à coucher du premier. Elle était probablement chez elle. La porte du garage était fermée. Aucune voiture n'était en stationnement devant la maison. Donc, probablement pas de bridge ou de thé aujourd'hui. Impossible de deviner ce qu'elle pouvait bien fabriquer en ce moment.

Ma foi, j'allais lui trouver une occupation. Telle que je me rappelais la disposition des lieux, son téléphone avait deux postes, l'un au milieu du vestibule, l'autre dans la cuisine. Les deux me convenaient. Je rentrai dans la cuisine, mais laissai la porte ouverte.

La rue me faisait courir des risques, mais généralement très peu de voitures y passaient. Elle aboutit à un cul-de-sac, cinquante mètres plus loin.

J'entrai dans le salon, cherchai son numéro dans l'annuaire et le composai. La sonnerie retentit quatre ou cinq fois ; elle décrocha : quand je l'entendis s'annoncer, je posai le récepteur sur la table et me précipitai. Je soulevai le cadavre de Jewell Nunn, ouvris la porte d'un coup de pied et fonçai dans le garage. Aucune voiture ne passa. J'étais sauvé.

L'arrière de la fourgonnette était déjà ouvert. Je la fourrai dedans, pliée en deux pour occuper le minimum de place et ramenai les couvertures et les gilets de sauvetage dessus. Je rentrai dans la maison, raccrochai le téléphone et pris sa valise. Il y avait une bêche à manche court dans le garage. Je la fourrai, avec sa valise, sous les couvertures. Tout était prêt, mais il valait mieux laisser un mot. Après le coup de fil de Jessica, ça ferait drôle si je ne la prévenais pas. Je rentrai une seconde fois, gribouillai quelques lignes pour expliquer qu'un type qui me devait quatre-vingts dollars depuis des mois m'avait téléphoné d'Exeter que je pouvais passer prendre l'argent et je posai cette note sur une table roulante. Bien entendu, il s'ensuivrait une explication orageuse. Rien de nouveau. Mais elle n'aurait aucun soupçon. J'étais toujours le même salaud auquel elle était mariée depuis deux ans.

Je refermai les portes de devant et de derrière et ouvris la porte du garage. Je jetai un dernier coup d'œil à l'arrière de la fourgonnette : ça me rassura. Tout avait l'air normal. La bagnole était toujours pleine de matériel de camping, de vieilles couvertures et de gilets de sauvetage. Je regardai l'heure. Il était quatre heures vingt-cinq. J'étais en avance sur Jessica d'une bonne vingtaine de minutes.

Je montai en voiture et sortis du garage en me demandant hâtivement où aller. Quelque part au nord du lac Javier. Haig avait été enterré dans ce coin-là et personne n'avait jamais découvert son cadavre. Je commençais à souffler. J'allais m'en tirer, malgré tout. Je n'avais qu'à nier qu'elle ait jamais été avec moi. Nunn ne pouvait pas prouver le contraire et il n'irait probablement pas leur avouer ce qui s'était vraiment passé. Il allait harceler le shérif pour que Grady perquisitionne chez moi, mais on ne la trouverait pas et ça serait la fin de l'enquête. Et puis, aucune bile à se faire à propos de Cliffords. Impeccable.

Je m'engageai dans la rue de Minden. Il n'y avait que cent cinquante mètres d'ici le feu rouge du carrefour de la Grand-Rue. Je me rendis compte que j'allais passer au vert et j'accélérai un peu. C'est alors que la carrière de Barney Godwin se mit à tomber en pièces, tel un jouet de carton abandonné sous la pluie. Je sentis la fumée une seconde avant que les roulements à billes sautent. Mais, à ce moment-là, je me trouvais déjà au carrefour et je virais. Le vacarme des billes et des durites carbonisées devint assourdissant, l'extrémité d'une bielle défonça le carter et ce fut la fin. Le moteur s'arrêta. Les pneus dérapèrent en gémissant et je m'immobilisai en plein carrefour. Je provoquai aussitôt un embouteillage et les voitures se mirent à klaxonner.

Il y avait quelque chose d'horrible et de fascinant dans cette affaire. C'était, comme aux actualités, une digue qui cède ou une explosion filmée au ralenti. La catastrophe est inévitable et pourtant on enregistre les phases successives du désastre. Les piétons se retournèrent pour regarder : c'étaient pour la plupart des gens que je connaissais. Le feu passa au vert, les klaxons retentirent de plus belle. Je vis Grady Collins descendre du trottoir et s'approcher de moi. Il souriait d'un air sarcastique :

— Barney, fit-il en hochant la tête. Tu n'as jamais essayé de fourrer un peu d'huile dans ce tas de ferraille ?

Puis, avant que je puisse répondre, il appela un gars qui se trouvait sur le trottoir, devant le café.

— Hé, Gus ! Cours chez Joey, téléphone à Art Manners. Dis-lui d'amener sa dépanneuse pour débarrasser la rue de cette tire.

Je sortis. S'il y avait quelque chose d'insolite dans mon attitude et dans mon expression, il ne s'en rendit apparemment pas compte ; c'est donc que je dus rester impassible. Il me sourit encore, hocha tristement la tête en direction de la voiture et se mit à régler la circulation.

Cet horrible choc m'avait engourdi. Je n'éprouvais aucun sentiment. Je ne pouvais rien faire, même pas penser. La dépanneuse arriva et se mit en position. Tandis que le mécanicien accrochait le palan et soulevait l'avant de la fourgonnette, Manners jeta un coup d'œil sous le capot, poussa un sifflement et hocha la tête. Puis il se mit à quatre pattes et regarda sous le moteur.

— Le bouchon du carter a sauté, Barney, dit-il. On a oublié de le revisser.

Peut-être, me dis-je avec un calme étrange proche de la folie, est-ce une nouvelle pour lui. Il n'a pas mon expérience. Je me retournai et examinai les visages sur le trottoir, à la recherche de Nunn. Il n'attendait probablement pas ce résultat si tôt. Il n'avait aucun moyen de savoir que Jessica allait rentrer et que je serais forcé d'opérer en plein jour. Non. Une seconde. Il était là, à vingt mètres. Il observait la scène, les yeux ronds ; il titubait sous l'effet d'une ivresse un tantinet exagérée. Il n'en espérait sans doute pas tant.

— À ta place, Barney, dit Art Manners, je ferais un échange standard. Qu'est-ce que tu en penses ?

— Ça m'a l'air raisonnable.

— J'ai beaucoup de boulot en ce moment. Il me faudra cinq ou six jours, peut-être une semaine.

— Je ne suis pas pressé. Pas pressé du tout.

— Je t'enverrai un avis demain. Salut, Barney.

Il monta dans sa dépanneuse, à côté de son mécano, et les deux véhicules qui composaient le convoi mortuaire de Jewell Nunn se mirent à descendre lentement la rue. Je songeai que si je ne devenais pas fou furieux à ce moment-là, je ne le serais jamais. En tout cas, personne ne riait. J'observai un instant le spectacle, puis me retournai et gagnai le trottoir. Les vapeurs qui engourdissaient mon esprit se dissipèrent enfin et je pus me mettre à réfléchir. Il ne me restait qu'une chance sur mille, et c'était la fuite. Il fallait que je me sauve. Sans attendre.

Avec cet argent, et beaucoup de chance, je pouvais m'en tirer. Je connaissais une fille, à La Nouvelle-Orléans, une fille qui me cacherait si je réussissais à la joindre et à me volatiliser avant que l'alarme soit donnée. C'était le moment. Peut-être n'examinerait-on pas l'arrière de la camionnette avant le lendemain. Avec de la chance, il se passerait même peut-être deux jours avant qu'on découvre le cadavre. Jessica allait rentrer au volant de l'autre voiture dans quelques minutes. Je la prendrais pour me rendre à Sanport où je l'abandonnerais pour en voler une autre. Pas de transport public. Une fois à La Nouvelle-Orléans, je disparaissais complètement. Grâce à l'argent et à la complicité de la fille, je sortirais du pays dans quelques mois, lorsque l'affaire se serait tassée. Mais il fallait me tailler sur-le-champ.

La circulation reprenait son allure normale. Je gagnai le trottoir et tournai rapidement le coin de la rue Minden. Grady Collins me fit signe.

— Viens, Barney, je te ramène à la maison.

— Merci.

Je traversai la rue au feu rouge ; au moment où je montais en voiture, j'aperçus Ramsey. Il se tenait au carrefour, devant la banque, il regardait dans le vide.

Nous remontâmes la rue Minden. J'aurais voulu hurler à Collins d'aller plus vite. La longue tache d'huile courait sur la chaussée depuis la Grand-Rue jusqu'à Underhill.

— C'est ici que le bouchon du carter est tombé, dit Collins, ici exactement. Un drôle de truc, tout de même !

— Oui.

— Ça n'était pas assez serré et les vibrations du moteur l'ont fait tomber.

J'acquiesçai. Nunn l'avait probablement desserré jusqu'à l'extrême limite. Il n'avait trouvé aucun récipient pour vidanger l'huile et il savait bien que s'il la laissait couler sur le sol j'apercevrais la mare noirâtre en sortant du garage en marche arrière.

Grady se gara de manière à faire demi-tour. Je sortis de la voiture. Jessica n'était toujours pas rentrée. Qu'est-ce qui la retardait ? Je jetai un coup d'œil à ma montre. Ça faisait cinquante-cinq minutes qu'elle m'avait téléphoné. Elle aurait dû être là. Avait-elle eu un accident ? Il me la fallait, cette voiture. « Ça suffit, me dis-je. Je m'en tirerai quand même. »

— Merci, dis-je.

Grady eut un geste de la main et regagna la rue. J'entrai dans la maison. Le mot que j'avais laissé pour Jessica était sur la table roulante. Je le pris, le froissai, entrai dans la cuisine et le jetai dans la caisse à ordures. Je décidai de ne rafler que la valise aux billets. Il me fallait trouver une raison pour lui emprunter sa voiture à son arrivée. Un coup de téléphone, voilà. Un vieux copain de Sanport salement blessé dans un accident d'automobile. Je traversai la cuisine en courant et me précipitai au sous-sol. Il fallait transférer cet argent dans la valise avant l'arrivée de Jessica, que je sois prêt pour le départ quand elle stopperait devant le garage.

Je m'arrêtai sur le seuil de la pièce du sous-sol en ouvrant des yeux ronds. Le couvercle de la malle était relevé et les vieux vêtements formaient un tas sur le sol, juste devant. J'étais peut-être devenu fou. J'avais fermé la malle à clé. Bien sûr que je l'avais fermée ! J'étouffai un cri de rage et de déception. Mais non, je ne l'avais pas fermée ! J'avais jeté un coup d'œil à ma montre, je m'étais rendu compte qu'il me restait dix minutes pour me rendre à la banque et j'avais refermé la malle, mais en oubliant de prendre la clé !

Mais quelle différence ? Il me prit une envie de hurler. Peu importait que la malle ait été fermée à clé ou non. Nunn savait donc que l'argent était là. Impossible, tout simplement impossible. Il ne savait même pas que cet argent existait. Il n'avait pas le moindre rapport avec cette affaire. Impossible.

Je me ruai sur la malle et jetai un coup d'œil sur le plancher. La réponse était là, dans ce petit tas de sous-vêtements roses, de bas, dans cette robe imprimée toute froissée. Nunn ne l'avait pas, l'argent. L'argent était enfermé dans la petite valise de Jewell, dans la fourgonnette, à côté de son cadavre.

Je flanquai un coup de pied dans ses frusques. Je poussai un juron. J'étais furieux, fou de colère, je me jetai sur les vêtements et me mis à les déchirer. Puis une idée me vint, jaillie d'une dernière étincelle de raison. Il était peut-être encore possible de récupérer le fric. Le garage ne fermait que dans quelques minutes. Il suffisait de rafler la valise cachée sous les couvertures. Je savais exactement où elle se trouvait et je pourrais m'en emparer sans découvrir le cadavre. Je bondis et fonçai au rez-de-chaussée. Je laissai la porte ouverte et me précipitai dans l'allée. Jessica n'était toujours pas là. Je serais de retour avec la valise pour son arrivée. Je remontai la rue Minden ; les gens me regardaient. Cent mètres avant la Grand-Rue, je tournai à droite et courus tout le long de la paisible artère qui lui était parallèle. Cent mètres, deux cents mètres. Je tournai de nouveau à gauche. J'étais essoufflé et mon cœur battait. Je ralentis ma course. La Grand-Rue surgissait devant moi. Juste au coin, le garage d'Art Manners. J'atteignis le bord du trottoir. Le garage était encore ouvert. J'aperçus la fourgonnette à l'intérieur, par la porte. Personne. On n'avait pas seulement jeté un coup d'œil à l'arrière. Je m'avançai dans la rue, puis je m'arrêtai, paralysé. Ramsey marchait lentement sur le trottoir d'en face, sa serviette sous le bras. Parvenu à la porte du garage, il y entra. Je détalai.

*

Je remis toutes les affaires dans la malle, la refermai et m'assis dessus pour allumer une cigarette. Où aller ? Nulle part. Que faire ? Rien. C'était presque un soulagement, la fin de cette course contre la montre. En revenant du garage, j'avais galopé, pris d'une panique qui s'effaçait à présent. J'avais retrouvé mon calme. Les flics allaient arriver dans quelques minutes. Je poussai un soupir. C'était donc moi, Godwin, le gros malin. Deux fois dans la même journée, j'avais été joué, complètement floué par deux primitifs sortis du fond des marais. Ils ne s'étaient même pas donné le mot pour me berner. C'était le plus étonnant de l'affaire. Chacun d'eux m'avait possédé sans recourir aux services de son conjoint.

Quand donc avait-elle commencé à piger ? Probablement lorsque j'avais fourré ce billet de vingt dollars dans son sac. Elle avait dû s'apercevoir de la substitution et elle s'était mise à réfléchir. Elle savait évidemment fort bien d'où provenait ce billet de vingt dollars.

Et quand elle était allée trouver Cliffords à sa cabane, l'après-midi de la veille — bon Dieu ! était-ce seulement hier ? — elle lui avait probablement demandé de lui décrire l'agent du F.B.I. qui l'avait arrêté ; elle avait alors compris que j'avais découvert ce que je cherchais. Par la suite, elle avait bien manœuvré, il fallait le reconnaître. Elle était à peu près certaine que je l'avais tué, puisqu'il refusait de s'enfuir et il lui avait suffi, pour s'en assurer, de me lancer son nom au téléphone. Elle avait dû s'amuser à me retourner sur le gril, à me faire suer sang et eau en me racontant les détails de l'affaire, dans la voiture. Pour se protéger, elle n'avait eu qu'à m'avertir que Nunn nous soupçonnait.

Elle n'avait probablement pas projeté de faucher le fric immédiatement. C'était trop hasardeux et beaucoup trop beau. Elle avait simplement décidé de me suivre et d'attendre une bonne occasion de mettre la main dessus et de filer avec. J'avais descendu ma valise au sous-sol et je l'avais abandonnée près de la malle, ce qui lui avait révélé la cachette du magot ; assez stupide pour oublier de prendre la clé, je l'invitais à se servir. C'est pour ça que sa valise était restée dans la salle à manger. Comme elle quittait le sous-sol pour gagner la porte et cavaler prendre le car de Sanport, Nunn était entré par-derrière et l'avait surprise.

Ma foi, elle n'avait pas à se plaindre. Elle avait ce qu'elle méritait, et moi aussi. Je restai pensif. Oui. Nunn aussi, même s'il ne s'en rendait pas encore compte. Son erreur venait de ce qu'il ignorait tout de l'histoire du fric. Et il allait continuer à l'ignorer jusqu'au moment où je me mettrais à table — c'était la seule issue. Et ça lui coûterait la vie. Le copain Nunn allait être fameusement surpris.

J'entendis une voiture s'arrêter devant le garage. Jessica rentrait. La porte s'ouvrit.

— Barney ! cria-t-elle dans le salon. Barney, tu es là ?

Elle avait remarqué que la fourgonnette n'était pas là et elle croyait que j'étais parti. Ma foi, on ne pouvait pas lui demander de se tenir au courant de mes affaires, vu la vitesse à laquelle s'étaient déroulés les événements. Comment pouvait-elle savoir que la voiture était tout simplement chez Manners, toutes ses bielles coulées, et qu'à l'arrière se trouvait le cadavre d'une femme et cent sept mille dollars volés.

— Ici ! criai-je.

Ses hauts talons claquèrent dans l'escalier. Elle surgit sur le seuil. Elle avait changé sa coiffure, acheté des chaussures et une robe qui révélait ses appâts toujours aussi généreux. Je me levai.

— Tu as l'air superbe, dis-je.

Je me demandai quand ils allaient arriver. On aurait peut-être le temps d'expérimenter les phases diverses de nos retrouvailles, y compris la dernière, la bagarre saignante, d'ici qu'ils viennent me piquer. On avait perdu l'habitude de musarder en chemin.

— Tu as l'air en pleine forme, toi aussi, fit-elle.

Ses yeux brillaient. Je fis un pas vers elle et elle se précipita dans mes bras. Je l'embrassai. Elle semblait s'attendre à cet accueil.

— Oh ! Barney ! fit-elle d'un ton extasié. C'est merveilleux de te revoir.

Elle renversa légèrement la tête et me regarda. Ses yeux s'étaient embués.

— Dis donc, petite, tu as l'air vachement partie. Tu n'as pas recommencé à te piquer à l'héroïne, au moins ?

— Tais-toi, espèce de séduisant gorille. Écoute-moi.

Elle éclata d'un rire un peu tremblant. Elle posa les mains sur mes bras et me repoussa légèrement.

— Barney, il faut que je te parle. Tout de suite. Assieds-toi.

Je l'escortai jusqu'au vieux sofa. Elle secoua la tête. Ses yeux étincelaient. C'était comme une espèce de bonheur fou.

— Non. Ici. Comme nous en avions l'habitude. Par terre, devant le feu, le premier hiver.

Nous nous assîmes côte à côte, ou plutôt face à face, les genoux relevés. J'entourai ses épaules de mon bras, attirai son visage et l'embrassai. Je me demandais ce qu'elle avait en tête, mais je n'avais plus de raisons de refuser de la suivre. Pourquoi se montrer guindé, pourquoi faire la tête de cochon ? Son expression redevint sérieuse.

— Barney, reprit-elle, je suis allée à Sanport pour m'éloigner de toi et de cette maison. Pour réfléchir. Et j'ai beaucoup réfléchi. Veux-tu savoir le résultat de mes méditations ? Pourquoi je suis revenue plus tôt que je ne pensais ?

— Bien sûr. Dis-le-moi.

— Bon. Tout d'abord, je t'aime. Ça, je le savais déjà. Barney, ç'a été affreux, sans toi... Non, ça, je t'en parlerai plus tard. Ce que je veux dire, c'est que j'ai fini par comprendre que c'était parce que je t'aimais que je gâchais tout, en essayant de m'accrocher à toi. Comment expliquer à un homme à quel point c'est horrible de savoir qu'on est plus vieille que lui ; ça fait peur, tellement peur qu'on en devient folle. Je ne te laissais jamais en repos. Je suis entêtée, vive, agressive, en général, mais ne comprends-tu pas que c'est tout simplement à cause de ma peur que nous avions des scènes et que nous nous disputions ? Je commençais à me dire que tu me méprisais. Alors, je voulais te faire du mal. Écoute-moi, je t'en prie.

» Je n'ai pas voulu me venger, l'autre soir, ni te taquiner, ni te faire un sale coup. C'était tout simplement plus fort que moi. Je n'y pouvais rien.

» Quand je dépréciais ton travail au magasin, en insinuant que ce n'était qu'un jeu pour toi, c'était tout simplement mes anciennes peurs qui revenaient, qui me poussaient à te faire du mal pour t'empêcher de m'en faire. Je croyais que je me défendais, alors que je nous détruisais tous les deux...

Elle poursuivit ainsi, d'une voix à la fois douce et précipitée. Elle se libérait de toutes ses pensées comme si elle y était poussée par un besoin pressant, un désir de tout dire, avant que le hasard nous sépare et brise notre action. Son regard était vague, et adorable, tant il était passionné, agréablement passionné. Je contemplai ce beau visage de blonde, plein de santé, ce visage séduisant, vivant et heureux de vivre plutôt que beau, ce visage qui pouvait être tour à tour chaleureux, agressif, pervers, tendre, coléreux, aimant, méchant, sauvage et bien d'autres choses encore, mais d'abord et surtout vivant, incapable de passivité et d'ennui. Peut-être étais-je amoureux d'elle. Je l'ignorais.

J'entendis une voiture s'arrêter sur le trottoir. Jessica continuait à parler. Une paire de jambes en pantalon gris passa devant la maison, apparut un instant à chacune des fenêtres du sous-sol ; le visiteur inconnu se dirigeait vers le porche de la cuisine pour surveiller la porte de derrière, dans la meilleure tradition du folklore policier.

— Tu vois, mon chéri, poursuivit-elle. Ça sera tout différent, désormais. Je le sais. J'ai eu tout le temps de réfléchir et je vais essayer de me racheter. Montre de la patience, Barney. Il faut m'aider.

J'entendis des pas sur le perron. La sonnette retentit.

— Je vais voir qui c'est, fis-je en essayant de me lever.

Elle me retint :

— Ce n'est qu'un représentant, dit-elle. Il va s'en aller.

La sonnette retentit de nouveau.

Elle secoua la tête et me sourit :

— Ne t'inquiète pas. Dis-moi que tu es heureux de me revoir. Je parle tant que tu n'as pas pu placer un mot, mon pauvre chéri. Tu es content que je sois de retour ?

— Bien sûr. Mais je ferais mieux d'aller dire à ce représentant de se barrer. D'ici qu'il démolisse la porte !

Elle me prit la main, tandis que je me levais.

— Très bien, mon chéri, mais dépêche-toi. Pas plus d'une minute, hein ?

La sonnette retentit une nouvelle fois avec insistance.

— Promis, fis-je.

Je m'éloignai, sortis de la pièce et montai l'escalier sans me retourner.

J'ouvris la porte d'entrée. Bien entendu, c'était Ramsey et Grady Collins. Ramsey s'apprêtait à sonner encore une fois.

DU MÊME AUTEUR

Aux Éditions Gallimard

Dans la collection Série Noire

JE T'ATTENDS AU TOURNANT, n° 246.

LE PIGEON, n° 259 et Folio Policier, n° 205.

PEAUX DE BANANES, n° 294.

LA MARE AUX DIAMS, n° 334 et Folio, n° 1954.

AVEC UN ÉLASTIQUE, n° 388 et Folio Policier, n° 221.

FANTASIA CHEZ LES PLOUCS, n° 400 (Folio Junior, n° 284. Illustrations de Tardi).

CELLE QU'ON MONTRE DU DOIGT, n° 513 et Folio Policier, n° 271.

MIEUX VAUT COURIR, n° 521 et Folio Policier, n° 272.

AUX URNES LES PLOUCS !, n° 602 et Folio Policier, n° 208.

PÉRI EN MER, n° 616.

ONT-ILS DES JAMBES, n° 659.

VIVEMENT DIMANCHE !, n° 816 et Folio Policier, n° 30.

BYE-BYE, BAYOU, n° 867 et Folio, n° 2773.

UNE FEMME LÀ-DESSOUS, n° 888 et Folio Policier, n° 303.

CALME BLANC (titre précédent, *De Sang sur mer d'huile*), n° 929 et Folio Policier, n° 306.

L'ANGE DU FOYER, n° 977 (à paraître en Folio Policier).

UN QUIDAM EXPLOSIF, n° 1702.

Aux Éditions Minerve

ALLÔ ! L'ASSASSIN VOUS PARLE.

Aux Éditions Rivages

LA FILLE DES COLLINES.
GO HOME STRANGER.
ET LA MER PROFONDE ET BLEUE.

COLLECTION FOLIO POLICIER

Dernières parutions

113. James Ross	*Une poire pour la soif*
114. Joseph Bialot	*Le salon du prêt-à-saigner*
115. William Irish	*J'ai épousé une ombre*
116. John Le Carré	*L'appel du mort*
117. Horace McCoy	*On achève bien les chevaux*
118. Helen Simpson	*Heures fatales*
119. Thierry Jonquet	*Mémoire en cage*
120. John Sandford	*Froid aux yeux*
121. Jean-Patrick Manchette	*Que d'os !*
122. James M. Cain	*Le facteur sonne toujours deux fois*
123. Raymond Chandler	*Adieu, ma jolie*
124. Pascale Fonteneau	*La puissance du désordre*
125. Sylvie Granotier	*Courier posthume*
126. Yasmina Khadra	*Morituri*
127. Jean-Bernard Pouy	*Spinoza encule Hegel*
128. Patrick Raynal	*Nice 42e rue*
129. Jean-Jacques Reboux	*Le massacre des innocents*
130. Robin Cook	*Les mois d'avril sont meurtriers*
131. Didier Daeninckx	*Play-back*
132. John Le Carré	*L'espion qui venait du froid*
133. Pierre Magnan	*Les secrets de Laviolette*
134. Georges Simenon	*La Marie du port*
135. Bernhard Schlink/ Walter Popp	*Brouillard sur Mannheim*
136. Donald Westlake	*Château en esbrouffe*
137. Hervé Jaouen	*Hôpital souterrain*
138. Raymond Chandler	*La dame du lac*
139. David Goodis	*L'allumette facile*
140. Georges Simenon	*Le testament Donadieu*
141. Charles Williams	*La mare aux diams*
142. Boileau-Narcejac	*La main passe*
143. Robert Littell	*Ombres rouges*
144. Ray Ring	*Arizona Kiss*

145. Gérard Delteil — *Balles de charité*
146. Robert L. Pike — *Tout le monde au bain*
147. Rolo Diez — *L'effet tequila*
148. Yasmina Khadra — *Double blanc*
149. Jean-Bernard Pouy — *À sec*
150. Jean-Jacques Reboux — *Poste mortem*
151. Pascale Fonteneau — *Confidences sur l'escalier*
152. Patrick Raynal — *La clef de Seize*
153. A.D.G. — *Pour venger pépère*
154. James Crumley — *Les serpents de la frontière*
155. Ian Rankin — *Le carnet noir*
156. Louis C. Thomas — *Une femme de trop*
157. Robert Littell — *Les enfants d'Abraham*
158. Georges Simenon — *Faubourg*
159. Georges Simenon — *Les trois crimes de mes amis*
160. Georges Simenon — *Le rapport du gendarme*
161. Stéphanie Benson — *Une chauve-souris dans le grenier*
162. Pierre Siniac — *Reflets changeants sur mare de sang*
163. Nick Tosches — *La religion des ratés*
164. Frédéric H. Fajardie — *Après la pluie*
165. Matti Yrjänä Joensuu — *Harjunpää et le fils du policier*
166. Yasmina Khadra — *L'automne des chimères*
167. Georges Simenon — *La Marie du Port*
168. Jean-Jacques Reboux — *Fondu au noir*
169. Dashiell Hammett — *Le sac de Couffignal*
170. Sébastien Japrisot — *Adieu l'ami*
171. A.D.G. — *Notre frère qui êtes odieux…*
172. William Hjortsberg — *Nevermore*
173. Gérard Delteil — *Riot gun*
174. Craig Holden — *Route pour l'enfer*
175. Nick Tosches — *Trinités*
176. Fédéric H. Fajardie — *Clause de style*
177. Alain Page — *Tchao pantin*
178. Harry Crews — *La foire aux serpents*
179. Stéphanie Benson — *Un singe sur le dos*
180. Lawrence Block — *Un danse aux abattoirs*
181. Georges Simenon — *Les sœurs Lacroix*
182. Georges Simenon — *Le Cheval Blanc*
183. Albert Simonin — *Touchez pas au grisbi !*
184. Jean-Bernard Pouy — *Suzanne et les ringards*

185. Pierre Siniac	*Les monte-en-l'air sont là !*
186. Robert Stone	*Les guerriers de l'enfer*
187. Sylvie Granotier	*Sueurs chaudes*
188. Boileau-Narcejac	*... Et mon tout est un homme*
189. A.D.G.	*On n'est pas des chiens*
190. Jean Amila	*Le Boucher des hurlus*
191. Robert Sims Reid	*Cupide*
192. Max Allan Collins	*La mort est sans remède*
193. Jean-Bernard Pouy	*Larchmütz 5632*
194. Jean-Claude Izzo	*Total Khéops*
195. Jean-Claude Izzo	*Chourmo*
196. Jean-Claude Izzo	*Solea*
197. Tom Topor	*L'orchestre des ombres*
198. Pierre Magnan	*Le tombeau d'Hélios*
199. Thierry Jonquet	*Le secret du rabbin*
200. Robert Littell	*Le fil rouge*
201. Georges Simenon	*L'aîné des Ferchaux*
202. Patrick Raynal	*Le marionnettiste*
203. Didier Daeninckx	*La repentie*
205. Charles Williams	*Le pigeon*
206. Francisco González Ledesma	*Les rues de Barcelone*
207. Boileau-Narcejac	*Les louves*
208. Charles Williams	*Aux urnes, les ploucs !*
209. Larry Brown	*Joe*
210. Pierre Pelot	*L'été en pente douce*
211. Georges Simenon	*Il pleut bergère...*
212. Thierry Jonquet	*Moloch*
213. Georges Simenon	*La mauvaise étoile*
214. Philip Lee Williams	*Coup de chaud*
215. Don Winslow	*Cirque à Piccadilly*
216. Boileau-Narcejac	*Manigances*
217. Oppel	*Piraña matador*
218. Yvonne Besson	*Meurtres à l'antique*
219. Michael Dibdin	*Derniers feux*
220. Norman Spinrad	*En direct*
221. Charles Williams	*Avec un élastique*
222. James Crumley	*Le canard siffleur mexicain*
223. Henry Farrell	*Une belle fille comme moi*
224. David Goodis	*Tirez sur le pianiste !*
225. William Irish	*La sirène du Mississippi*

267. Patrick Raynal	*Fenêtre sur femmes*
268. Jim Thompson	*Des cliques et des cloaques*
269. Lawrence Block	*Huit millions de façons de mourir*
270. Joseph Bialot	*Babel-Ville*
271. Charles Williams	*Celle qu'on montre du doigt*
272. Charles Williams	*Mieux vaut courir*
273. Ed McBain	*Branle-bas au 87*
274. Don Tracy	*Neiges d'antan*
275. Michel Embareck	*Dans la seringue*
276. Ian Rankin	*Ainsi saigne-t-il*
277. Bill Pronzini	*Le crime de John Faith*
278. Marc Behm	*La Vierge de Glace*
279. James Eastwood	*La femme à abattre*
280. Georg Klein	*Libidissi*
281. William Irish	*J'ai vu rouge*
282. David Goodis	*Vendredi 13*
283. Chester Himes	*Il pleut des coups durs*
284. Guillaume Nicloux	*Zoocity*
285. Lakhdar Belaïd	*Sérail killers*
286. Caryl Férey	*Haka*
287. Thierry Jonquet	*Le manoir des immortelles*
288. Georges Simenon	*Oncle Charles s'est enfermé*
289. Georges Simenon	*45° à l'ombre*
290. James M. Cain	*Assurance sur la mort*
291. Nicholas Blincoe	*Acid Queen*
292. Robin Cook	*Comment vivent les morts*
293. Ian Rankin	*L'ombre du tueur*
294. François Joly	*Be-bop à Lola*
295. Patrick Raynal	*Arrêt d'urgence*
296. Craig Smith	*Dame qui pique*
297. Bernhard Schlink	*Un hiver à Mannheim*
298. Francisco González Ledesma	*Le dossier Barcelone*
299. Didier Daeninckx	*12, rue Meckert*
300. Dashiell Hammett	*Le grand braquage*
301. Dan Simmons	*Vengeance*
302. Michel Steiner	*Mainmorte*
303. Charles Williams	*Une femme là-dessous*
304. Marvin Albert	*Un démon au paradis*
305. Frederic Brown	*La belle et la bête*
306. Charles Williams	*Calme blanc*

Composition IGS-Charente Photogravure
à l'Isle-d'Espagnac
Impression Novoprint
à Barcelone, le 30 mai 2003
Dépôt légal : mai 2003
ISBN 2-07-041511-2/Imprimé en Espagne.

96267